Ellen Ismail/Maureen Makki
Frauen im Sudan

Die Autorinnen:

Dr. Ellen Ismail-Schmidt ist seit dreißig Jahren mit dem sudanesischen Musikethnologen Mahi Ismail verheiratet; drei Kinder, eine Enkelin, zwanzig Jahre Sudanaufenthalt. Sie promovierte in Ethnologie, Afrikanistik und Anglistik an der Universität Köln, zahlreiche Tätigkeiten für nationale und internationale Organisationen sowie zahlreiche Veröffentlichungen.

Maureen Makki ist Engländerin, verheiratet mit einem sudanesischen Ingenieur und Mutter von vier Kindern.
Sie studierte Linguistik und Anthropologie an der Universität von Khartoum und erhielt 1977 ein B.A. Honours dieser Universität. 13 Jahre Tätigkeit als Lektorin im Sudan. Heute lebt sie mit ihrer Familie in London und arbeitet als Sudan-Referentin für eine Agentur für Entwicklungshilfe.

Ellen Ismail/Maureen Makki

Frauen im Sudan

Peter Hammer Verlag

Inhaltsverzeichnis und Worterklärungen am Schluß des Buches

Fotos:
Amir El-Mahi Ismail und
Ellen Ismail-Schmidt

CIP-Titelaufnahme der Deutschen Bibliothek

Ismail, Ellen:
Frauen im Sudan/Ellen Ismail; Maureen Makki. – Wuppertal : Hammer, 1990
(Peter-Hammer-Taschenbuch; 63)
ISBN 3-87294-435-5
NE: Makki, Maureen:; GT

Umschlaggestaltung: Magdalene Krumbeck
Umschlagfoto: Ellen Ismail
Satz: data-convert, Wuppertal
Druck: Ebner Ulm

Vorwort

Dieses Buch zu schreiben hat uns viele Jahre am Herzen gelegen. Einerseits halten wir es für sehr notwendig, sudanesische Frauen aus allen sozialen Schichten für sich selbst sprechen zu lassen; andererseits wurden in letzter Zeit zwar einige Bücher über sudanesische Frauen, ihr Leben, Tradition, Bräuche, geschrieben, aber kein Buch ist näher darauf eingegangen, wie die Frauen selbst ihre Stellung in der Gesellschaft sehen. Wie denken die Frauen über Männer, über Religion, über die Frauenbewegung, über Berufstätigkeit? Was erwarten sie vom Leben? Wie denken sie über ihre Kinder, und was halten sie von der weiblichen Beschneidung? Über diese Fragen sprechen die Frauen zum Teil überraschend offen.

Das Buch ist allmählich gewachsen und zwar aus langjährigen Freundschaften zu einigen der befragten Sudanesinnen heraus und durch unsere persönliche Kenntnis der sudanesischen Kultur und in der Praxis erworbenes Wissen durch einen über zwanzigjährigen Aufenthalt im Sudan, verheiratet mit sudanesischen Ehemännern und durch Kinder, die im Sudan aufgewachsen sind.

Doch wir erheben keinen Anspruch auf Vollständigkeit. Für alle sudanesischen Frauen sprechen zu wollen wäre schon in einem weniger großen Lande als dem Sudan mit seiner Vielzahl von ethnischen Gruppen und Völkern unmöglich.

Aber wir glauben, daß die dargebrachten Themen typisch sind für den Wirkungskreis der Mehrzahl der Frauen im Sudan. In einigen Interviews werden sudanesische Männer kritisiert, oft sogar sehr heftig. Die Autoren möchten jedoch hervorheben, daß es nicht beabsichtigt ist, ein feministisches Buch herauszugeben, das mit Absicht Männer angreift. Es sind nur die Antworten der befragten Frauen, die wir wiedergeben.

Leser, denen der Sudan nicht sehr vertraut ist, werden in den folgenden Abschnitten mit allgemeinen Informationen versorgt, u. a. über den gesetzlichen Status der Frau im Sudan, die Geschichte der Frauenbewegung, Angaben über die weibliche Beschneidung, über die Geisterbesessenheit »Zar« und allgemeine Informationen über kulturelle Einflüsse auf das Leben der Frauen.

Wir haben mehr als 40 Frauen befragt, und wir haben 23 davon ausgewählt, da diese 23 typisch sind für die unterschiedlichen gesellschaftlichen Strata in den verschiedenen Teilen des Sudan, d. h. unterschiedliche Bildung, unterschiedliche Religionen und unterschiedliche wirtschaftliche Umstände.

Die Mehrzahl der befragten Frauen sind uns seit Jahren bekannt, daher resultiert die Offenheit in ihren Antworten. Die Frauen wurden darüber informiert, daß ihre Interviews veröffentlicht werden sollten, und sie waren damit einverstanden. Natürlich haben wir ihre Namen und biographischen Daten verändert, so daß sie nicht erkennbar sind. Ähnlichkeiten mit anderen sudanesischen Frauen sind zufällig und nicht beabsichtigt. Obgleich einige der befragten Frauen keine Einwände gegen eine Veröffentlichung ihrer korrekten Daten hatten, so hielten wir es doch für besser, in Anbetracht der traditionellen Gesellschaft im Sudan aus ethischen Gründen das Vertrauen unserer Gesprächspartnerinnen nicht zu beanspruchen. Die veröffentlichen Fotos zeigen nicht die befragten Frauen, sondern Frauen in ähnlichen Situationen. Die Interviews wurden zwischen 1987 und Anfang 1989 durchgeführt.

Einige der Interviews, besonders mit Frauen, die wenig oder keine formale Bildung hatten, sind sehr kurz. Diese Frauen sind nicht gewöhnt, sich auszudrücken und über sich selbst zu sprechen, und haben auch die Tendenz, ihre Lebensumstände fraglos zu akzeptieren, ungeachtet der Härte und der schlechten Behandlung, die ihnen zuteil wurde. Wir können jedoch das Leben dieser Frauen nicht objektiv betrachten, da wir es mit unserem Lebensstil vergleichen. Aber persönliche Erfahrung hat uns gelehrt, daß die mit unseren Augen gesehen weniger glücklichen Frauen geistig entspannter sind und sich an den kleinen Freuden des Lebens mehr erfreuen als viele Frauen, die alle gesellschaftlichen und wirtschaftlichen Vorteile genießen.

Wir haben absichtlich den Stil der arabischen und englischen Übersetzung so wiedergegeben, wie es dem Original nach möglich war; da wir die eigene Art des Ausdrucks der Frauen sprechen lassen wollen. Die arabischen Termini werden in einem alphabetischen Glossar am Ende dieses Buches übersetzt und erklärt.

Die Themen, über die wir berichten, befassen sich mit den wichtigsten Punkten im Tagesablauf sudanesischer Frauen. Aber wir haben uns nicht fest an eine bestimmte Form gehalten, wenn die Befragte ausführlicher über ein besonderes Thema sprechen wollte.

Aber der Schwerpunkt unserer Interviews befaßte sich mit folgenden Punkten:

- Status und Rollen sudanesischer Frauen
- Frauen und Bildung
- Frauen und Beruf
- Frauen und Politik, Frauenbewegungen
- Heirat und Ehe
- Witwenschaft
- Scheidung und Zweitfrauen (Polygamie)
- Familie
- Kinder
- weibliche Beschneidung
- Religion

Den Kern der Aussage jeder Frau haben wir als Überschrift ihres persönlichen Interviews angesetzt.

Aber wir wollen hier nicht weiter diskutieren und analysieren, sondern wir wollen die Frauen für sich selbst sprechen lassen. Doch als letztes möchten wir uns ganz herzlich bei unseren sudanesischen Freundinnen und auch den Frauen bedanken, die sich bereit erklärt haben, ohne uns näher zu kennen mit uns über ihre Probleme zu diskutieren. Wir sind den Frauen zu besonderem Dank verpflichtet, die uns Einsicht in ihr persönliches Leben gaben und uns erlaubten, ihre Aussagen zu veröffentlichen. Unser Ziel ist es, daß durch dieses Buch mehr Verständnis für die Frauen in der Dritten Welt im allgemeinen und der Sudanesinnen im besonderen aufgebracht wird.

Gesellschaftliche Stellung und Idealverhalten

Männer sind in der sudanesischen Gesellschaft dominierend, ebenso in den Familien; zumindestens soll das für den Außenstehenden so den Anschein haben. Ein auffälliges Merkmal ist die Geschlechtertrennung, dabei ist der öffentliche Bereich die Domäne der Männer, aber Haus und Hof die Domäne der Frauen. Bestimmte Einschränkungen und Verhaltensweisen sind den beiden Geschlechtern auferlegt, sollten sie den jeweils andersgeschlechtlichen Bereich betreten.

Das bedeutet für die Frauen, nicht unnötig das Haus zu verlassen – und wenn, dann nie ohne Begleitung, und sei es nur mit einem Kind – keine Unterhaltung mit fremden Männern zu führen und außerhalb des Hauses über dem Kleid den »Tob« (Umhang) zu tragen. Die Frau soll sich für ihren Mann attraktiv halten, treu und gehorsam sein und seine Familie respektieren. Gegenüber Fremden soll sie sich freundlich, jedoch zurückhaltend verhalten.

Durch die Geschlechtertrennung sind auch die Männer in ihrer Freiheit in gewissen Bereichen eingeschränkt. So sollte ein nicht zum engen Familienkreis gehörender Mann niemals den Frauenteil des Hauses betreten, es sei denn, er wird persönlich von dem Familienoberhaupt dazu aufgefordert. In den meisten Fällen kommt die Hausfrau zur Begrüßung in den Männerteil des Hauses, begrüßt den Gast und zieht sich wieder zurück. Die dem Gast danach angebotenen Speisen und Getränke werden entweder von einem Hausangestellten oder einem Jungen der Familie gebracht, selten von Mädchen. Nur in sehr progressiven Familien setzt sich die Frau gemeinsam mit ihrem Mann oder einem anderen männlichen Familienmitglied zu einem männlichen Gast und unterhält sich mit ihm. Der Verhaltenskodex verbietet jedoch, daß sich eine Frau allein mit einem fremden Mann in einem geschlossenen Raum aufhält. In den Städten ist es jedoch schon üblich, daß junge Sudanesen, wenn sie miteinander verlobt sind, gemeinsam ins Kino gehen, ein öffentliches Lokal besuchen und sich im Haus der Braut treffen. Das junge Paar sollte jedoch immer zu sehen sein.

Die traditionelle Geschlechtertrennung wird am strengsten in den Städten des Nordens und bei den Ethnien des Niltals gehandhabt. Auf dem Lande und im Südsudan leben die Menschen weniger nach den strengen islamischen Regeln. Doch auch dort wie im übrigen Sudan findet das gesellschaftliche Leben meistens getrennt statt, d. h. Frauen leben und kommunizieren unter Frauen und Männer unter Männer. Interaktionen zwischen den Geschlechtern folgen einem bestimmten Muster und sind sehr begrenzt.

Für jeden Sudanesen ist die Herkunft wichtig. Der Sudanese kennt seinen Stammbaum und weiß, aus welcher Linie seine Familie stammt. In kleinen Dorfgemeinden sind fast alle Bewohner gleicher Abstammung, in den Städten sind Bewohner ganzer Stadtteile miteinander verwandt.

Dadurch, daß jeder jeden kennt, wird der Einzelne sehr stark durch seine Umwelt kontrolliert. Durch das übliche regelmäßige gegenseitige Besuchen, besonders der Frauen untereinander, werden Nachrichten und Klatsch sehr schnell verbreitet. Die Meinung der anderen, besonders bestimmter Personen, sogenannte Meinungsführer, bestimmt die Handlungen vieler Sudanesen. Es wird großer Wert darauf gelegt, dem Ruf der Familie nicht zu schaden. Von den Familienmitgliedern wird erwartet, sich an die Normen und Werte der Gesellschaft zu halten. Die Familie gilt als Einheit, und Streitigkeiten dürfen nicht an die Öffentlichkeit gelangen. Es wird daher vorgezogen, einen arbeitsunwilligen Verwandten zu unterstützen, als dessen Frau und Kinder dem Gerede der Nachbarn preiszugeben. So hat ein gut verdienender Sudanese nicht nur seine Frau und seine Kinder zu ernähren, sondern nicht selten noch eine große Anzahl anderer Verwandter.

Soziale Stellung der Frau

Im allgemeinen wird die muslimische Sudanesin die islamischen Gesetze, die Ehe, Scheidung, Kindersorgerecht und Vergesellschaftung festlegen, ohne zu zweifeln anerkennen. Auch nichtmuslimische Frauen akzeptieren die traditionellen Normen und Werte ohne Frage; insbesondere Frauen aus den ländlichen Gebieten unterwerfen sich voll und ganz den Regeln der traditionellen

Gesellschaftsordnung. Doch die Modernität in den Städten erfaßt vor allem die gebildeten Sudanesinnen und damit beginnt die Hinterfragung vieler Traditionen. Seit kurzem beginnt sich jedoch auch eine andere Bewegung unter den jungen Sudanesen bemerkbar zu machen. Die Islamischen Fundamentalisten verlangen ein Zurück zu den strengen Islamischen Gesetzen. Besonders Universitätsstudenten beiderlei Geschlechts sind Anhänger dieser Fundamentalisten-Bewegung.

Der Kulturwandel im Sudan befindet sich in einem Spannungsverhältnis, und die Stellung der Frau ist dabei ein Hauptproblem. Im Sudan bewegt sich der Kulturwandel in zwei Richtungen, und zwar in die Moderne westlicher Prägung und in die Revitalisierung der Tradition. Die Revitalisierung der Tradition ist jedoch eine Transformation der Tradition; denn Revitalisierung bringt Neues und selektiert aus dem Überlieferten. Die modernen westlichen Wert– und Lebensvorstellungen erschütterten die Identität der Sudanesen und führten zur Entwurzelung besonders der jungen Menschen. Und diese Entwurzelung und Verwestlichung hat dazu beigetragen, daß sich auch gebildete Sudanesen wieder auf die eigene Kultur und Tradition besinnen. Sie erhoffen dadurch eine Wiedererlangung der eigenen Identität. Besonders ausgeprägt macht sich dies bei den »Muslimbrüdern und Muslimschwestern« bemerkbar, einer Bewegung, die sich auf den Islamischen Fundamentalismus stützt und ihren Ursprung in Ägypten hat. Die besondere Kleidung der Muslimschwestern – Kopftuch, langer Rock, Bluse mit langen Ärmeln – prägen das Bild der Hauptstadt. »Wir wollen nicht wie unsere westlichen Schwestern vermarktet werden« ist eines der Hauptziele der Muslimschwestern.

Innerhalb des Familienkreises ist die Mutter die dominierende Persönlichkeit. Zwischen den Frauen innerhalb der Familie und der Nachbarschaft besteht eine starke Verbindung. Dies drückt sich aus in gegenseitiger Hilfe bei besonderen Gelegenheiten, gegenseitiges Besuchen und eine starke Solidarität.

Aber eine große Anzahl Sudanesinnen lebt noch immer in wirtschaftlicher Abhängigkeit, in gesellschaftlicher Abgeschlossenheit und in konservativer Untätigkeit. Dies bezieht sich besonders auf die Frauen der städtischen Mittelschichten. Die Land- und Nomadenfrauen waren schon immer Partner des Mannes, und sie erlangten dadurch eine gewisse wirtschaftliche Unabhängigkeit und leben weder abgeschlossen noch untätig.

Wenn sudanesische Frauen älter werden – besonders nach der Menopause – gewinnen sie an Status, Prestige und sie erlangen relative Freiheit. Großmütter haben großen Einfluß auf die Familienangelegenheiten und sind einer der Hauptgründe für das Beibehalten der weiblichen Beschneidung. Großmütter sind die Bewahrer der Tratition und der Rituale. Eine ältere Frau erlangt gewisse männliche Sonderrechte. Sie kann z. B. unbegleitet einkaufen gehen, sie kann Tee und Kaffee in der Öffentlichkeit trinken, sie darf rauchen, und sie kann lange Reisen antreten, um ihre Verwandten und Freunde zu besuchen. Es ist ihr ebenfalls erlaubt, an den Freitagsgebeten in den Moscheen teilzunehmen.

Einen niedrigen Status hat eine junge Frau, die nach der Ehe in den Haushalt ihrer Schwiegermutter kommt. Sie ist nicht nur unter der Autorität ihrer Schwiegermutter, sondern auch ihrer Schwägerinnen. Ihr Einfluß kann nur indirekt über ihren Mann erfolgen. Unstimmigkeiten mit der Schwiegermutter sind die Regel, denn auch die ältere Frau möchte den Einfluß auf ihren Sohn behalten. Nur wenn die junge Frau eigene Kinder bekommt, besonders Söhne, wird ihr Status in der Familienhierarchie steigen.

Andererseits machen sich in den Städten, besonders der Hauptstadt, Änderungen in der Sozialstruktur in bezug auf Frauen ohne Zweifel bemerkbar. Die Emanzipation junger Frauen ist nicht aufzuhalten. Obgleich der westliche Einfluß unübersehbar ist, so sollten doch keine Vergleiche mit den Ergebnissen der Frauenemanzipation in Europa und den USA angestellt werden. Evaluierung der Sozialstruktur und der Lebensbedingungen könnten zu Mißverständnissen führen. Verschiedenartige Anfangspositionen und gesellschaftliche Entwicklungen während der letzten Jahrhunderte erlauben keinen Vergleich. Eines der unübersehbaren Zeichen ist die Ausbreitung des islamischen Fundamentalismus unter den gebildeten jungen Sudanesinnen.

Die Mehrzahl der gebildeten sudanesischen Frauen ist jedoch nicht länger bereit, ohne Vorbehalt weibliche Beschneidung, Isolation in der Gesellschaft, Polygamie und Heirat mit einem unbekannten Mann weiterhin zu akzeptieren. Bildung, berufliche Tätigkeit und dadurch wirtschaftliche Unabhängigkeit sind ihre Hauptziele.

Die Familie

Die Mehrzahl der sudanesischen Gesellschaft ist islamischen Glaubens und das patrilokale und das patrilineare System ist vorherrschend. Nur die gesellschaftliche Identifikation des Vaters ist wichtig. Einzig die patrilineare Abstammung gibt Status und nur die Söhne haben das Recht auf Erbschaft. Töchter erben zwar auch nach islamischen Recht, doch ist es ein vergleichsweise kleiner Teil des Erbes. Großzügige Väter und Ehemänner überreichen daher oft Geschenke an ihre Töchter bzw. Ehefrauen – Geld, Gold, Haus- und Landbesitz ist nicht unüblich in den Kreisen der Mittel- und Oberschicht – diese Geschenke können die Frauen selbst verwalten und darüber verfügen.

Doch die Söhne sind wichtig für das Weiterbestehen und die Erweiterung des Patriarchat; denn Töchter gehören zwar ihr Leben lang zur Familie des Vaters – sie behalten auch nach der Ehe den Namen ihres Vaters – aber sie können die väterliche Linie nicht fortführen, da ihre Kinder zur Abstammungslinie des Ehemannes gehören. Frauen können daher nur durch ihre Söhne Einfluß auf die patriarchalische Abstammung des Ehemannes gewinnen.

Aufgrund des Erbrechts ziehen die islamischen Familien im Sudan es vor, daß Ehen innerhalb der Großfamilie stattfinden. Wünschenswert für einen Mann ist daher die Ehe entweder mit der Tochter des Vaterbruders (»bint'amm«) oder mit einer Kusine väterlicherseits.

Bei den städtischen Ober- und Mittelschichten sind endogame Ehen die Regel, Polygamie ist selten. Aber auf dem Lande und bei der ärmeren Stadtbevölkerung kommt die Polygamie noch oft vor. Doch die Vielehe ist nicht nur üblich bei den Muslimen, sondern auch Männer, die der christlichen oder einer traditionellen afrikanischen Religion angehören, sind oft mit mehreren Frauen gleichzeitig verheiratet. Männer der Mittelschicht heiraten aus mehreren Gründen nicht mehr als eine Frau gleichzeitig; zum einen aus wirtschaftlichen Gründen – das könnte für die Mehrheit gelten – und zum anderen verliert ein gebildeter Mann sein Ansehen in der Gesellschaft, in der er sich bewegt. Aber es sollte hier natürlich nicht die große Zahl der Männer vergessen werden, die ihre Frau lieben und respektieren und die ihr Familienleben nicht stören wollen, indem sie sich scheiden lassen oder eine zweite Frau heiraten. Nur eine Frau, die keine Kinder bekommen kann, muß entweder eine Zweitfrau akzeptieren oder mit einer Scheidung rechnen.

Sudanesische Muslime haben eine sehr klare Definition in der Abstammungsterminologie und der gefühlsmäßigen Verbindungen. »Agriba« nennt man die Blutsverwandten und »nasaba« die angeheirateten. Die Blutsverwandten werden wiederum unterteilt in »'asaba«, d. h. Verwandte väterlicherseits, und »lahma«, Verwandte mütterlicherseits. Die Verwandten der Mutter werden als »khal« klassifiziert und die des Vaters als »'amm«. Die »'amm«–Verwandten werden von den Kindern mit Respekt behandelt, und die Verbindung ist sehr formal. Dies ist eine Widerspiegelung des Verhaltens gegenüber dem Vater. Verbindungen mit nahen Verwandten der Mutter sind normalerweise unkomplizierter. Das Mutter-Kind-Verhältnis ist sehr eng, und wenn immer ein Kind Trost braucht, dann wird es sich gewöhnlich an die Verwandten mütterlicherseits – die »khal–Grupp« – wenden.

Die Mutter besetzt eine emotionale, zentrale Stellung. Sie ist die

Sudanesische Großfamilie (Omdurman)

Vertraute von Jungen und Mädchen. Ihre Rolle ist kulturell und strukturell zentral. Sie spielt, lacht und singt mit ihren Kindern, und die Kinder kommen zu ihr mit ihren Freuden und ihren Sorgen. Der Vater wird von den Kindern geliebt und verehrt, aber sie behandeln ihn mit Respekt, und die Beziehungen sind eher zurückhaltend.

Von Kindheit an nehmen die Mädchen an einer intergenerationalen Welt mit ihrer Mutter, den Großmüttern und Tanten teil, während Jungen im Alter von zehn bis zwölf Jahren sich aus dem Kreis der Mutter zu lösen beginnen und sich zu Gruppen zusammenschließen, die sich aus Gleichaltrigen formen. Freundschaften, die sich in dieser Zeit bilden, halten oft ein Leben lang und gegenseitiges Unterstützen in fast allen Lebenslagen wird voneinander erwartet.

Obgleich die Jungen zum engen Kreis um die Mutter nur bis zur Pubertät gehören, so haben doch sudanesische Frauen bis zu ihrem Tode sehr großen Einfluß auf ihre Söhne. Die Mutter spielt eine entscheidende Rolle bei der Wahl der Schwiegertochter, und wie schon gesagt, sind Söhne nicht nur erwünscht von den Frauen – und den Männern natürlich – weil sie die Kontinuität der Familie garantieren, sondern durch Söhne gewinnt eine Frau an Ansehen und Macht. Trotzdem wünscht sich eine Frau auch Töchter, denn durch sie hat sie Hilfe im Haushalt und vor allem auch Gesellschaft. Das Mutter-Tochter-Verhältnis ist normalerweise sehr eng, und eine Tochter wird fast immer bei der Geburt eines Kindes in das Haus ihrer Mutter zurückkehren und dort mindestens 40 Tage, oft viel länger, bleiben.

Die Familie ist für die Sudanesen ein »Reservoir«, das wirtschaftliche Unterstützung, politischen Einfluß, Sozialhilfe und psychologische Sicherheit verbindet. Das Verwandtschaftsbündnis bringt eine komplizierte Interaktion von wechselseitigen Pflichten und Rechten mit sich, die ein Netzwerk der Unterstützung des Einzelnen in allen Lebenslagen garantiert. Dieses Bündnis wird am Leben gehalten durch gegenseitige informelle Besuche und sporadische Gefälligkeiten. Außerdem existieren besondere Veranlassungen wie Hochzeiten, Beerdigungen, Beschneidungen und islamische Feste, zu denen alle Familienmitglieder verpflichtet sind, zu erscheinen und beizusteuern.

Die Ehre der Familie »sharaf« muß beschützt und verteidigt werden. Die Ehre eines weiblichen Familienmitglieds »ird« wird bestimmt durch die sexuelle Unbescholtenheit und Keuschheit, die nicht nur vom Vater und den Brüdern beschützt und verteidigt wird, sondern auch von allen männlichen Familienmitgliedern väterlicherseits. Die Sittsamkeit der Frau und die Ehre des Mannes »karama« sind von äußerster Wichtigkeit für jede Familie. In Zusammenhang mit diesem Ehrenkodex haben Brüder Autorität über ihre Schwestern, auch wenn die Mädchen älter sind.

Es wird großer Wert darauf gelegt, dem Ruf der Familie nicht zu schaden. Von den Familienmitgliedern wird daher verlangt, sich an die Normen und Werte der Gesellschaft zu halten. Die Familie gilt als Einheit, und Streitigkeiten dürfen nicht an die Öffentlichkeit gelangen.

Heirat und Ehe

Traditionelle Ehen im Sudan waren und sind auch heute noch vereinbarte Eheschließungen. Das Haupt der Familie, meistens der älteste Mann, teilt die Männer und Mädchen im heiratsfähigen Alter einander zu. Im allgemeinen geschieht dies mit Einwilligung der Partner. In besonderen Fällen kann ein Mann den Wunsch äußern, ein bestimmtes Mädchen aus der Familie oder auch von außerhalb aufgrund seiner Schönheit heiraten zu dürfen. Dieser Wunsch wird dem Familienoberhaupt zugetragen, das, falls es zustimmt, um das Mädchen anhalten läßt. Im islamischen Norden des Sudan werden immer noch Heiraten innerhalb der Großfamilie vorgezogen. Im Gegensatz dazu heiraten die Sudanesen im Süden, die vorwiegend Christen oder Anhänger traditioneller afrikanischer Religionen sind, selten innerhalb der Familie.

Auch heute sind Eheschließungen nach obigem Muster, vor allem auf dem Lande, noch üblich. Obwohl junge Leute mehr Möglichkeiten haben, sich beim Studium oder am Arbeitsplatz zu treffen, so können sie nicht ohne Zustimmung der Familie heiraten. Es wird gesagt, daß Ehen ohne Zustimmung der Eltern unglücklich werden. Bevor jedoch die Eltern die Zustimmung zur Heirat der jungen Leute geben, werden auf beiden Seiten Erkundigungen über den Leumund des zukünftigen Ehepartners und dessen Familie eingezogen. Die sozio-ökonomische Stellung des zukünftigen Ehemannes ist dabei wichtig, ebenfalls der ethnische Ursprung und der moralische Ruf. Kein Vater, besonders aus der Mittel- oder Oberschicht, wird es erlauben, daß die Tochter unter ihrer sozialen Stellung heiratet. Dem Mann ist es jedoch erlaubt, eine Frau von niedriger sozialer Stellung zu heiraten, da sie durch die Heirat automatisch die soziale Stellung des Ehemannes bekommt. Vorgezogen werden jedoch Partner mit gleichem gesellschaftlichen Hintergrund, um auch die soziale Stellung der Nachkommen nicht zu gefährden.

Partnerwahl nach westlichem Muster wird von sehr wenigen Sudanesen praktiziert und wenn, dann fast nur an Hochschulen oder am Arbeitsplatz. Jedoch auch junge Leute, die sich nach persönlichem Kennenlernen entschließen zu heiraten, müssen das System der Familienzustimmung durchlaufen. Liebesbeziehungen nach westlichem Vorbild sind selten. Der größte Teil der Sudanesen bezweifelt den Erfolg einer nur auf Liebe aufgebauten Ehe. Die Eltern akzeptieren die Neigung zu einer Liebesheirat eher von einem Sohn als von der Tochter, und das hängt hauptsächlich mit dem Leumund des Mädchens zusammen. Geht ein Mädchen eine Liebesbeziehung ein und wird dann nicht geheiratet, so ist nicht nur der Ruf des Mädchens geschädigt, sondern auch der ihrer Eltern, Geschwister und der ihrer Verwandten bis zum dritten Grad. Voreheliche Liebesbeziehungen zwischen den Geschlechtern werden gleichgesetzt mit sexuellen Beziehungen und als »aib« (Schande) bezeichnet.

Im Islam gelten voreheliche Beziehungen als Sünde. In kleinen Gemeinden und Dörfern, in denen jeder jeden kennt, wird normalerweise das Gebot beachtet. Die städtische Bevölkerung erwartet jedoch nur von den Mädchen die geschlechtliche Zurückhaltung. Obgleich heute keine öffentliche Keuschheitsprüfung am Hochzeitstag vorgenommen wird, ist die Erwartung, daß die Braut als Jungfrau in die Ehe geht, sehr hoch. Ein Ehemann kann sich sofort wieder scheiden lassen, sollte er in der Hochzeitsnacht feststellen, daß seine Braut keine Jungfrau mehr ist. Der Wert, der der Jung-

Frauengruppe in einer Hütte: Verschiedene Ethnien (West- und Südsudan)

fräulichkeit beigemessen wird, steht auch in Verbindung mit der weiblichen Beschneidung.

Im Süden des Sudan leben hauptsächlich Ackerbauern und Rindernomaden. Bei den Ackerbauern sind Ehen nicht sehr gefestigt. Scheidungen können leicht vollzogen werden. Bei den Rinderzüchtern sind Ehen schon aus wirtschaftlichen Gründen gefestigter. Das hängt damit zusammen, daß ein hoher Brautpreis in Rindern bezahlt werden muß. Bei Scheidung fordert der Ehemann den Brautpreis zurück. Ehebruch und Scheidung ziehen daher große wirtschaftliche Konsequenzen nach sich. Beides wird deshalb hart bestraft. Zweck der Ehe ist vor allem das Fortbestehen der Familie. Vorherrschend ist die Großfamilie und die Polygamie. Fast jeder Mann im Südsudan hat zwei Frauen, selten mehr. Die Polygamie gilt als Familienplanung, da die Frau während der Stillzeit vom Mann nicht berührt werden darf und die Stillzeit normalerweise etwa zwei Jahre beträgt. Hervorgerufen durch die hohe Kindersterblichkeit sind viele Kinder erwünscht. Sogar formal hochgebildete Südsudanesen, wie auch die Nordsudanesen, wünschen sich mindestens vier Kinder. Je mehr Kinder eine Frau hat, desto höher ist ihr Ansehen und ihre Macht. Eine Frau, die keine Kinder bekommen kann, wird oft verstoßen.

Aus den folgenden Interviews geht ganz klar hervor, daß für die Mehrzahl der Frauen Kinder zu bekommen der Hauptgrund für eine Eheschließung ist.

Die noch heute vorherrschenden und bevorzugten nach traditionellem System geschlossenen Ehen, d. h. vereinbarte Ehen innerhalb der Abstammung, sind relativ dauerhaft, und zwar aus folgenden Gründen: Das Wesentliche der ehelichen Gemeinschaft ist gegenseitiger Respekt und Reziprozität der Partner. Von einem guten Ehemann erwartet die Frau, daß er verantwortlich, freundlich und großzügig ist. Ebenfalls erwartet sie von ihm Respekt gegenüber sich selbst und ihrer Familie, und sie wünscht sich, daß er ihr treu bleibt. Von seiner Frau erwartet der Mann, daß sie ihn bedient oder Angestellte dazu anhält. Sie soll das Haus in Ordnung halten und sich nach den oben genannten Normen verhalten. Die Gesellschaft erwartet von einem Ehemann, daß er seine Frau nicht züchtigt. Hat er eine Beschwerde gegen seine Frau vorzubringen, so muß er sich an den Vater oder Vormund der Frau wenden. Ein Mann, der seine Frau schlägt, verliert sein Ansehen in der Gesellschaft, und die Frau, die es akzeptiert, verliert ihre Würde.

Scheidung

Scheidung im Sudan ist für beide Partner von Nachteil. Beide verlieren an gesellschaftlichem Ansehen, und für die Frauen ist der Status der »Ehefrau« auf jeden Fall von Vorteil. In der Tradition ist der Status einer geschiedenen Frau sehr niedrig, obgleich heute viele junge, vor allem gebildete Frauen eine Scheidung verlangen, unbekannt in der Vergangenheit.

Normalerweise werden geschiedene Frauen wieder von ihren Familien aufgenommen, und sie fallen dann unter den Schutz ihres Vaters oder der männlichen Verwandten. Obgleich die »Shari'a«, das islamische Gesetz, festlegt, daß Jungen nur bis zum 7. Lebensjahr und Mädchen bis 12 bei der Mutter bleiben dürfen und dann dem Vater zugesprochen werden, so ist es in der Praxis doch anders. In den meisten Fällen bleiben die Kinder bei der Mutter, und der

Vater sollte finanzielle Unterstützung leisten. Dies macht er oft nicht, so daß die Familie der geschiedenen Frau die ganze Last zu tragen hat. Um die Belastung ihrer Familie zu vermeiden, wird eine Frau alles daran setzen, ihre Ehe zu erhalten, oder sie wird versuchen, durch Arbeit sich und ihre Kinder zu ernähren. Wenn eine Frau zu den Glücklichen zählt, die eine Schulbildung erhalten oder ein Handwerk gelernt haben, dann wird sie im allgemeinen Arbeit finden. Doch die Mehrzahl der Frauen, die nicht aus wohlhabenden Familien stammen, eröffnet einen kleinen Imbiß am Markt und verkauft selbstgemachtes Brot, Tee oder andere Nahrungsmittel. Einige Frauen besonders die aus dem südlichen Sudan, brauen Bier und verkaufen es. Da dies unter den herrschenden islamischen Gesetzen verboten ist, enden diese Frauen oft im Gefängnis. Andere Frauen arbeiten im Haushalt oder auch als Prostituierte; letzteres ist ebenfalls nach der »shari'a« verboten.

Aus den oben genannten Gründen wird eine Frau alles versuchen, ihre Ehe weiterzuführen, indem sie sich den Wünschen ihres Mannes fügt und sich entsprechend den Erwartungen der Gesellschaft verhält. Sie wird daher auch schlechte Behandlung ihres Mannes tolerieren und ertragen, so lange sie es irgendwie kann.

Aber auch der Ehemann wird versuchen, eine Scheidung zu verhindern, wenn auch aus anderen Gründen. Natürlich will sich kaum ein Vater von seinen Kindern trennen. Aber auch der finanzielle Faktor spielt eine große Rolle; denn wenn die Scheidung von ihm ausgeht, kann der Mann das Brautgeld nicht zurückverlangen. Und bei Wiederheirat muß er Brautgeld an die Eltern der zukünftigen Ehefrau bezahlen, das entsprechend seinem sozialen Status und dem seiner Braut sehr hoch sein kann. Außerdem werden sich die Eltern der zukünftigen Braut sehr genau erkundigen, weshalb die Scheidung stattgefunden hat. Hat der Mann einen schlechten Ruf, z. B. ist er brutal oder trinkt er, dann wird er kaum eine neue Frau, zumindestens nicht seinem sozialen Status entsprechend, bekommen. Männer dieses Niveaus heiraten daher nicht selten Frauen mit niedrigerem gesellschaftlichen Status. Ein typischer Rat, den eine glücklich verheiratete sudanesische Frau einer jungen Braut geben würde, ist:

1. sei immer attraktiv;
2. sehe immer darauf, daß dein Mann nie genügend Geld zur

Verfügung hat, indem du Geschenke verlangst und ihm viele Kinder gebärst;

3. gebe ihm viel gutes Essen, damit er dick und faul wird.

Moderne, gebildete geschiedene Frauen, die in den Städten leben, haben keine Probleme bei der Arbeitsfindung. Sie können sich frei im Kreis ihrer Freunde und Bekannten bewegen. Sie sind oft froh über die Freiheiten und die Unabhängigkeit, die sie durch die Scheidung erhalten haben, aber sie müssen sehr selbstsicher und hart sein, um sich der Kritik der traditionellen Gesellschaft widersetzen zu können.

Witwenschaft

Eine Witwe, die der islamischen Gesellschaft im Sudan angehört, muß vier Monate und zehn Tage nach dem Tode ihres Mannes in völliger Isolation leben. Dem islamischen Gesetz folgend soll festgestellt werden, ob die Witwe noch ein Kind des Verstorbenen erwartet. Dieses Kind würde dann noch zu der Familie des Mannes gehören und erbberechtigt sein. In dieser Isolationszeit ist es der Witwe nicht erlaubt, Schmuck zu tragen, sich mit Henna zu dekorieren oder zu parfümieren. Sie sollte einen weißen »tob« (Umhang) tragen und möglichst auf einer Strohmatte schlafen. Normalerweise sind ihre Töchter während der Trauerperiode bei ihr. Am Ende der Trauerperiode besucht die Witwe in der Tradition das Grab ihres Mannes, und wenn sie zu den sogenannten Nil-Arabern gehört, dann wird sie eine rituelle Waschung im Nil vornehmen. Danach kann die Witwe wieder Verwandte und Freunde besuchen und natürlich auch wieder heiraten.

Ältere Frauen werden normalerweise nicht wieder heiraten, sondern sie werden den weißen Umhang als Zeichen der Trauer ein Leben lang tragen. Normalerweise behalten sie ihren eigenen Haushalt, oder sie ziehen zu einem ihrer erwachsenen Kinder. Jüngere Witwen kehren meistens mit ihren Kindern in das Haus ihres Vaters zurück. Doch wenn eine junge Witwe wieder heiraten möchte, dann beginnen oft die Probleme mit der Familie ihres verstorbenen Mannes. Die Familie des Verstorbenen wird dann die Kinder verlangen, da sie nach dem traditionellen Gesetz dort hingehören. Die junge Mutter wird dadurch in eine sehr schwierige Situation versetzt; entweder sie heiratet wieder und verliert ihre Kinder, oder sie bleibt ihr Leben lang Witwe.

Witwen werden in der sudanesischen Gesellschaft respektiert, so lange sie die traditionellen Normen und Werte beachten, die von ihnen bestimmte Verhaltensweisen verlangen, z. B. Zurückgezogenheit und Ehrbarkeit.

Weibliche Beschneidung

Die weibliche Beschneidung ist für die meisten Betroffenen keine »babarische Sitte« aus grauer Vorzeit, und besonders bei den Traditionalisten erfreut sie sich hoher Wertschätzung, selbst wenn sie Schmerzen und Opfer erfordert. Diese Tatsache muß gegen die folgenden medizinischen Aspekte abgewogen werden. Ähnlich wie ein Mann, der sich zum Islam bekennt, beschnitten sein muß, sind nach Auffassung breiter Volksschichten im Sudan auch die Frauen zur Beschneidung verpflichtet. Eine Unbeschnittene (»higsa« – Unreine) genießt einen schlechten Ruf unter ihren Glaubensschwestern. Die Mehrzahl der Sudanesen wissen nicht, daß Muslimfrauen in vielen islamischen Ländern nicht beschnitten sind. Die historisch bedeutend ältere Beschneidung der Frau mit einer kulturellen Forderung des Islam in Verbindung zu bringen, erscheint nicht gerechtfertigt, da es keine Koranstelle gibt, die sich mit diesem Thema beschäftigt. Jedoch im »Hadith« (schriftliche Überlieferung des Propheten Mohammed) soll der Prophet der Hebamme Umm Atiya geraten haben, bei ihren Beschneidungen »nicht mit Gewalt zu schwächen« (keine zu großen Eingriffe vorzunehmen). Diese Worte sind als Abraten von der Pharaonischen Beschneidung und Empfehlung eines leichteren Operationstyps gedeutet worden.

Die Beschneidung der Mädchen – und auch der Jungen – wird im Sudan zumeist vor Schulbeginn im Alter zwischen 5 und 6 Jahren vorgenommen. Für die Kinder ist es ein großes gesellschaftliches

Ereignis, weil sie im Mittelpunkt des Interesses stehen, viele Geschenke bekommen und ihnen zu Ehren ein großes Fest abgehalten wird. Die psychischen Wirkungen, die Feste und Riten in Verbindung mit der Beschneidung erschaffen ein Feld der Kommunikation, das ohne Zweifel von großer Wichtigkeit für die Kinder ist und ihr soziales Zugehörigkeitsgefühl untermauert. Kleine Mädchen, deren Eltern die Beschneidung verneinen, haben große Schwierigkeiten unter Gleichaltrigen. Sie werden in der Schule von Mitschülern gehänselt und kommen weinend nach Haus. Sie bitten ihre Eltern um die Beschneidung, da sie nicht anders sein wollen als die Kameradinnen. Aus den folgenden Interviews geht dies im einzelnen hervor, und progressiv denkende Mütter schrecken nicht vor einer Scheinbeschneidung zurück, um ihre Kinder von dem psychischen Druck zu befreien.

Die weibliche Beschneidung läßt viele Fragen offen in bezug auf Herkunft, kulturellen Hintergrund und die psychologischen Aspekte. Wissenschaftliche Forschungen, ausgeführt von Ärzten, Psychologen und Soziologen, haben ergeben, daß die weibliche Beschneidung für die meisten Mädchen ein einschneidendes und sehr traumatisches Erlebnis ist, das ihre psychologische Entwicklung beeinflußt. Die weibliche Beschneidung ist hauptsächlich eine Frauensache, und das Verhaltensmuster – sichtbar und gefühlsmäßig – folgt jahrhundertealten Praktiken. Verwandte, Nachbarn, Freunde – alle nehmen aktiv teil an der Zeremonie. Am Tag der Operation bekommen die Mädchen neue Kleider, Goldschmuck, und sie werden mit Henna dekoriert und parfümiert. Das beschnittene Mädchen wird mit »arusa« (Braut) angeredet. Dies weist schon auf die zukünftige Rolle der Mädchen hin.

Die chirurgischen Einzelheiten der Operation unterscheiden sich maßgeblich. Es hängt alles von der Handfertigkeit der Hebamme oder anderer Personen ab, die die Operation ausführen, und von den Wünschen der Eltern. Im Sudan kann die weibliche Beschneidung in mehr oder minder vier Formen eingeteilt werden:

Typ I: Die »Sunna«-Beschneidung beinhaltet die Entfernung der Klitoris–Drüsen und manchmal einen kleinen Teil der Klitoris. Diese Operation benötigt die Handfertigkeit und die Instrumente eines ausgebildeten Chirurgen.

Typ II: Infibulation, im Sudan bekannt als »Pharaonische Beschneidung«. Bei dieser Operation wird die Klitoris amputiert und Teile der labia majora und der labia minora werden entfernt. Wieviel Gewebe entfernt wird und wie groß der Schaden sein wird, das hängt von der Erfahrung der Hebamme ab, die die Operation ausführt. Die Wunden der beiden Seiten werden mit Katzendarm, Fäden oder auch Dornen zusammengefügt und die Beine des operierten Mädchens werden 40 Tage lang zusammengebunden. Ein Streichholz oder ein ähnlicher kleiner Gegenstand wird in die Wunde hineingesetzt, damit sich eine Fistel zum Urinieren entwikkeln kann.

Typ III: Im Sudan existiert noch eine modifizierte Mittelform der »Pharaonischen Beschneidung«. Sie besteht aus der Entfernung der Klitoris mit Teilen der labia minora. Die Wunde wird mit Katzendarm vernäht. Diese Operation wurde von einer ausgebildeten Hebamme entwickelt, um durch diese Ausführung den größeren Schaden der »Pharaonischen Beschneidung« zu verhindern.

Typ IV: Wieder–Beschneidung oder Wieder–Infibulation wird bei Witwen, Geschiedenen und bei Frauen mit Typ II und III nach Geburten durchgeführt.

Die »Pharaonische Beschneidung« – Infibulation – ist im Sudan seit 1946 verboten, aber sie wird immer noch praktiziert. Nach einer wissenschaftlichen Untersuchung, die von Dr. Asma Dareer im Nordsudan 1982 durchgeführt wurde, sind fast 100 Prozent der nordsudanesischen Frauen beschnitten. Kampagnen der Aufklärung der Gesellschaft, daß weibliche Beschneidung sehr gefährlich ist und nicht länger im modernen Sudan praktiziert werden sollte, werden seit Jahren durchgeführt, doch bisher mit wenig Erfolg. Im Gegenteil, in einigen Teilen des Sudan wächst der Anteil an beschnittenen Mädchen. Zum Beispiel sehen es neuerdings einige Frauen der urbanen Mittelschicht im Südsudan als »chic« an, beschnitten zu sein. Besonders Frauen, die einen Muslim heiraten, lassen sich nach der Ehe oder nach dem ersten Kind beschneiden.

Doch der Kampf gegen die weibliche Beschneidung ist ein wichtiges Ziel für eine große Zahl afrikanischer Frauen. Ein Inter–Afrika–Komitee gegen gefährliche traditionelle Praktiken an

Frauen und Kindern wurden 1984 in Dakar, Senegal, gegründet. 24 afrikanische Staaten sind Mitglieder, und regelmäßige Seminare, die bisher in Khartoum, Sudan, und Nairobi, Kenia, stattfanden, halten die Mitglieder über Maßnahmen und Resultate auf dem laufenden. Der Sudan ist ein aktives Mitglied dieses Komitees, und progressive Männer und Frauen aus Ministerien und dem privaten Bereich – hier muß im besonderen die Babiker Bedri Familie und die Hawa-Gesellschaft erwähnt werden – bemühen sich, die weibliche Beschneidung zu bekämpfen. Aber es wird noch viele Jahre dauern, bevor dieser Brauch im Sudan verschwinden wird, da er ein Teil der sudanesischen Kultur ist.

Fatma Ibrahim, eine sehr aktive sudanesische Frau und Mitglied der Kommunistischen Partei im Sudan, sagte kürzlich auf einem Seminar, daß es im Moment wichtiger sei, das Analphabetentum der Frau zu bekämpfen als die weibliche Beschneidung; denn nur durch Alphabetisierung und Aufklärung der Frauen würde man die weibliche Beschneidung letztlich unterbinden können.

Bildung

Die Analphabetenrate für sudanesische Frauen beträgt immer noch über 80 Prozent im Vergleich zu den Männern, die etwa zu 60 Prozent Analphabeten sind. Die Tendenz ist steigend, da sich die Bevölkerung zwar vermehrt, der Kampf gegen das Analphabetentum jedoch nicht mithält. Politische und wirtschaftliche Gründe verhindern, daß genügend Schulen gebaut werden. Außerdem wandert ein Großteil der Lehrer aus. Die Gehälter in den Petro-Dollar-Staaten sind um ein Vielfaches höher als im Sudan.

Sudanesische Mädchen lernen im allgemeinen gerade das Lesen und Schreiben und die Grundbegriffe der Mathematik. Mit Beginn der Pubertät verlassen sie zumeist die Schule, d. h. nach 6 Jahren der Grundschule. Nur vergleichsweise wenige Mädchen besuchen Höhere Schulen und Hochschulen. Wenn es Mädchen schaffen, Höhere Schulen und Hochschulen zu besuchen, dann haben sie zumeist bessere Ergebnisse als Jungen. Doch eine verhältnismäßig große

Zahl der Mädchen übt den erlernten Beruf nach der Heirat nicht mehr aus.

Die Hochschullehrerin Mona hat dazu folgendes zu sagen: »Wenn man es als Mädchen geschafft hat, im scharfen Wettbewerb mit Jungen einen Studienplatz zu bekommen, dann hat das Mädchen ein Recht auf den Platz, für den es gekämpft hat. Wenn dann der- oder diejenige dem Zweck nicht dient, für den er oder sie den Studienplatz bekommen hat, dann hat weder der Mann noch die Frau das Recht auf diesen Platz. Dies gilt im besonderen für Mädchen, die das Studium benutzen, um einen entsprechenden Ehemann zu finden, und die sich dann nach der Heirat als Hausfrauen zurückziehen. Unser Land braucht Akademiker, besonders Mediziner und Ingenieure, und die wenigen Studienplätze sollten in dem Fall nicht an Mädchen gegeben werden. Mein Vorschlag wäre, daß nach dem theoretischen Studium eine praktische Ausbildung, d. h. eine Arbeit im Feld bzw. Krankenhaus, angeschlossen sein sollte, bevor das Abschlußzeugnis ausgehändigt wird. In dem Fall haben die Studenten zumindest einen Teil ihrer Pflicht dem Land gegenüber getan und viele – hier meine ich im besonderen die Mädchen – sind dann von ihrer Aufgabe angetan und werden weiterarbeiten wollen.«

Sheikh Babiker Bedri begann 1903 im Sudan die erste formale Bildung für Mädchen. Er eröffnete in seinem Haus eine Schule für seine Töchter und die Mädchen seiner Familie, da es den Mädchen nicht erlaubt war, die »Khalwa« (Koranschule) zu besuchen. Die »Khalwa« wurde nur von Jungen besucht.

Den unermüdlichen Bemühungen der Sheikh Babiker Bedri ist es zu verdanken, daß 1921 fünf Grundschulen für Mädchen von der Regierung eröffnet wurden. Sein Kampf gegen die britische Kolonialmacht und die öffentliche Meinung zeigte dadurch erste Erfolge. Der nächste Schritt war die Gründung des Lehrerausbildungszentrums für Grundschullehrerinnen in Omdurman. Aber immerhin dauerte es bis 1945, bis die erste Höhere Schule für Mädchen, ebenfalls in Omdurman, eröffnet wurde.

Missionsschulen der »Verona Väter« lehrten jedoch schon seit 1900 in Omdurman und Khartoum, aber nur sehr wenige Muslimmädchen durften diese Schulen besuchen. Dagegen war es Mädchen der sudanesischen Elite erlaubt, in der britischen »Unity

Highschool for Girls«, die 1903 für die Töchter der Kolonialherren gegründet wurde, aufgenommen zu werden. Der Abschluß dieser Höheren Schule erlaubte den Mädchen, eine Universität zu besuchen. Sheikh Babiker Bedri war einer der ersten Sudanesen, der seine Töchter zur Unity Highschool sandte.

Heute besitzt die Bedri-Familie das Ahfad University College für Mädchen in Omdurman, das 1933 gegründet wurde.

1945 war ein maßgebendes Jahr für sudanesische Frauen. Angele Ishag war das erste sudanesische Mädchen, das das »Gordon Memorial College«, die spätere Universität Khartoum, besuchte. Angele Ishag arbeitete zunächst beim Erziehungsministerium und ist heute Professorin an der Universität Khartoum. 1946 kamen drei weitere Studentinnen dazu. Zwei studierten Medizin und wurden die ersten sudanesischen Ärztinnen. Die dritte Studentin, Umsalomon Said, wurde Lehrerin und später Ministerin im Kabinett von Präsident Nimeiri.

Heute besitzt der Sudan fünf Universitäten, mehrere technische Fachschulen und Lehrerausbildungszentren. Besonders in den letzten zehn Jahren hat sich die Zahl der Oberschülerinnen und Studentinnen auffällig vergrößert. Dies bezieht sich jedoch fast ausschließlich auf die städtische Bevölkerung. Die Mädchen auf dem Lande haben kaum Aussicht, jemals eine Universität zu besuchen, da es auf dem Lande außer Grundschulen kaum Höhere Schulen gibt. Schafft es jedoch ein Mädchen, die Universität zu besuchen, dann wird es alles daran setzen, einen Abschluß zu bekommen. Auch wenn eine Studentin heiratet, so wird sie in den meisten Fällen ihr Studium fortführen, und erst nach dem Studiumabschluß wird sie sich den von ihr erwarteten Pflichten widmen, d. h. sie wird Kinder bekommen. Nach Aussage von Universitätsprofessoren arbeiten jedoch viele Hochschulabsolventinnen nach der Eheschließung dann nicht in dem Beruf, für den sie ausgebildet wurden. Auf Grund ihrer Hochschulbildung werden sie oft von wohlhabenden Männern geheiratet, die es als Prestige ansehen, eine gebildete Frau zu haben, die es dann aber nicht gern sehen, wenn ihre Frauen berufstätig sind. Das bequeme Leben einer wohlhabenden Frau verleitet dann auch viele junge Ehefrauen dazu, den Beruf aufzugeben. Dies ist jedoch nicht im Sinne der modernen Entwicklung im Sudan. Jede Ärztin, jede Landwirtin oder Lehrerin wird

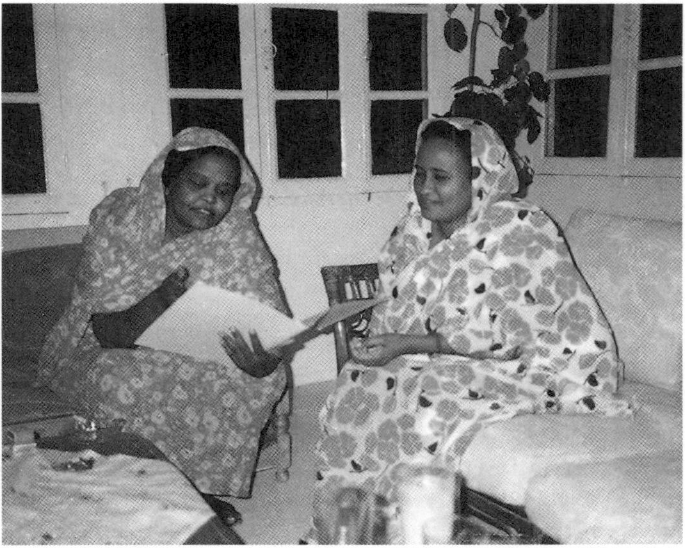

Sudanesische Unternehmerin mit ihrer Managerin

dringend benötigt, und da nur wenige Studienplätze zur Verfügung stehen, wird im Erziehungsministerium darüber diskutiert, ob man Hochschulabsolventen verpflichten soll, einige Jahre nach dem Abschluß vor allem in den ländlichen Gebieten zu arbeiten, oder ob eine Quotenregelung eingeführt werden soll, bei der mehr Jungen als Mädchen zu den Universitäten zugelassen werden sollen. Die Quotenregelung ist bisher überflüssig, da ohnehin fast dreiviertel der Studenten Jungen sind.

Anzustreben sei jedoch nicht nur Hochschulbildung für Mädchen, sagt Frau Hagga Khashif, frühere Präsidentin des Nationalrats für Jugend und Entwicklung, sondern Ausbildung zu guten Hausfrauen und Müttern sei genauso wichtig.

Politik und Frauenbewegung

Dr. Zeinab El Fateh, eine der ersten hochgebildeten sudanesischen Frauen und Mitbegründerin der ersten Frauenbewegung »Educated Girls'Association«, die 1947 im Hause der Fatma Talib gegründet wurde, hat folgendes zu sagen: Die sudanesischen Frauen der städtischen Mittelklasse akzeptieren ohne Entgegentreten ihre Rollen als »süßer Liebling« und »Verziehrung des Hauses«, das isolierte Haremleben und die Vormundschaft männlicher Familienmitglieder bis 1947. Zu dem Zeitpunkt meinten gebildete Frauen, daß nun die Zeit gekommen sei, die traditionellen Frauenrollen zu verändern. Sie wollten nicht mehr »Hausschmuck«, »süße Lieblinge« und nur Hausmütter sein, sondern sie wollten aktiv an der allgemeinen Entwicklung des Landes teilnehmen.

Die Pioniere der Frauenbewegung organisierten als erstes Unterrichtsklassen, in denen Frauen lesen und schreiben lernen konnten. Daneben wurde Ernährung, Hygiene und Hauswirtschaft gelehrt. Bald folgten andere Frauengruppen dem Beispiel, und die Dachorganisation »Sudanese Women's Union« wurde 1951 gegründet. Zu der Zeit wurden die Frauengruppen schon von einigen gebildeten Männern unterstützt.

Die Frauenbewegungen konzentrierten sich zunächst auf Sozialarbeit, und sie bestanden auf der Gründung einer Schwestern- und Hebammenschule in Omdurman. Später wurde eine zweite Schule dieser Art in Khartoum eröffnet. Frauen aus den ländlichen Gebieten wurden ermuntert, an den Frauenbewegungen teilzunehmen. Journalisten bestanden auf einer Frauenseite in den Zeitungen. Den Höhepunkt erlangte die Frauenbewegung mit dem Ansteigen des Nationalismus in den 40er Jahren und dem Kampf für die Unabhängigkeit des Landes. Die Frauenbewegung war verbündet mit der linken Demokratischen Bewegung. Gleiche Rechte für Frauen und Neugestaltung des Familienlebens waren ihre Hauptanliegen. Als Frauen und Mädchen das erste Mal gemeinsam mit den Männern an politischen Demonstrationen bei der Oktober-Revolution teilnahmen, die 1964 das Militärregime von Aboud stürzte, und eine von ihnen, Bakheita El Hafyan, getötet wurde, fand ein plötzlicher und dramatischer Zusammenbruch einer Anzahl von Mythen in bezug auf sudanesische Frauen statt. Zum ersten Mal im modernen Sudan zeigte es sich, daß Frauen eine politische Kraft besaßen, die fähig war, Aktionen von nationaler, politischer Bedeutung zu organisieren und daran teilzunehmen. Fatma Ibrahim wurde 1965 als erste Frau in das Parlament gewählt.

Die sechziger Jahre waren die aktivste Periode der Frauen-Union, und während der kurzen Zeit der demokratischen Regierung in den Jahren 1964–65 erhielten die Frauen aktives und passives Wahlrecht und gleiche Bezahlung für gleiche Arbeit. Was auch immer über die Militärregierung von Nimeiri gesagt werden kann (1969–1985), eines ist sicher, es ermöglichte Frauen, in hohen Regierungsposten tätig zu sein. Frauen wie Nafiesa El Amin, Fatma Ahmed Ibrahim, Um Salomon Said nahmen Ministerposten ein, und das Verhältnis in der Volksversammlung zwischen Frauen und Männern von 1 zu 20 war höher als in vielen westlichen Ländern heutzutage. Die demokratische Regierung von Sadiq El Mahdi, die dem Militärregime von Nimeiri folgte, ernannte eine Ministerin – Rashida Ibrahim Abdel Karim – für das Sozialministerium. Bei den letzten Wahlen für die demokratische Regierung Sadiq El Mahdis (1987–1989) waren viele Frauen aktiv am Wahlkampf für die Nationale Islamische Front beteiligt, und die beiden einzigen weiblichen Mitglieder des Parlaments sind von der Nationalen Islamischen Front.*

In den letzten Jahren hat sich die Frauen-Union darauf beschränkt, Seminare über Frauenfragen zu halten. Ihre Stellung in bezug auf Fragen über die Rolle der Frau in der Entwicklung und Neufassung des Familiengesetzes ist eher konservativ und könnte fast als anti-feministisch bezeichnet werden. Die »Nationale Frauen Front«, die sich in den späten 50er Jahren gebildet hatte, ist der Nationalen Islamischen Front (NIF) angegliedert, und die Muslimbrüderschaft steht der NIF sehr nahe. Durch die Unterdrückung sämtlicher politischer Parteien, ausgenommen der NIF, während

---

* Am 30. Juni 1989 wurde die demokratische Regierung Sadiq El Mahdi von dem Militärregime des Omar Beshir gestürzt. Die jetzige Militärregierung wird sehr stark von den islamischen Fundamentalisten unterstützt. Der Sudan hat jetzt wieder eine Militärdiktatur nach kurzer Unterbrechung von drei Jahren Demokratie, 1 Jahr Übergangsregierung, 2 Jahre eine vom Volk gewählte Demokratie. Die jetzige Regierung hat bisher keine Frau als Ministerin ernannt.

der letzten Zeit der Nimeiri-Regierung, erreichte die NIF einen großen Einfluß besonders in Schulen, und als Teil davon entwickelte sich die Nationale Frauen Front als eine starke Gruppe. Die Gruppe war und ist gut organisiert und wird finanziell ausreichend unterstützt. Es ist der Auftrag der Nationalen Frauen Front, den Islam zu verbreiten und die Errichtung eines islamischen Staates zu unterstützen.

Aber die überwiegende Mehrzahl der Frauen besonders der ländlichen Gebiete wird nicht von politischen Organisationen oder Gesetzen, die das Los der Frauen zu verbessern versuchen, erfaßt. Die meisten von ihnen verbringen die Zeit bei der Feldarbeit, und außer Kinderhüten und Kochen müssen sie weite Wege laufen, um Wasser für den Haushalt zu holen. Und nur wenige Frauen gehen zum Markt, um ihre Produkte zu verkaufen, und somit haben sie keine Kontrolle über die Familienfinanzen.

In den Städten arbeiten seit kurzem Frauen in Berufen, die in der Vergangenheit ausschließlich Männern offenstanden, z. B. als Boten in Regierungsstellen und in niedriger Lohnarbeit der Industrie. Im Anwachsen ist auch die berufliche Selbständigkeit der Frauen, z. B. treten Frauen als Händler in den Märkten der Städte auf. Sie verkaufen normalerweise Nahrungsmittel, z. B. Hirsebrot und Eier oder haben kleine Teeküchen. Aber keine dieser Beschäftigungen

ist gesellschaftlich wünschenswert, und junge, unverheiratete Frauen werden kaum eine dieser Tätigkeiten ausüben. Die Mehrzahl der Frauen, die diese Art der Arbeit ausübt, sind geschiedene ältere Frauen oder Witwen, die durch finanzielle Notlage gezwungen sind, ihre Familie zu ernähren, und zwar durch Arbeiten, von denen vor zehn Jahren niemand glaubte, daß Frauen sie ausüben würden. Jüngere, unverheiratete Frauen ziehen es vor, im Haushalt zu arbeiten. Diese Frauen sind hauptsächlich Wirtschafts– oder Kriegsvertriebene aus dem Westen oder Süden des Sudan. Auch diese Art der Tätigkeit im Haushalt wurde in der Vergangenheit von Männern ausgeübt, die heute ausgewandert sind oder die besser bezahlte Arbeiten in der Industrie ausüben.

Bisher ist es sehr schwierig für eine Frau, sich scheiden zu lassen, wenn der Mann nicht damit einverstanden ist. Außerdem, eine Frau, was immer ihr Alter ist, kann ihren eigenen Ehevertrag nicht abschließen. Ihr Vormund, normalerweise ein Verwandter oder ein Freund ihres Vaters, wird den Vertrag für sie abschließen. Obgleich eine erwachsene Frau nach dem Gesetz nur verheiratet werden darf, wenn sie ihre Zustimmung gibt, so wird im Falle einer Jungfrau – d. h. alle Frauen, die das erste Mal heiraten – ihr Schweigen als Zustimmung angesehen. Üblicherweise ist die gesetzliche Abwicklung der Heirat eine Männersache und obgleich der »Mazoun« (amtierender Geistlicher), der Aufsicht über die Unterzeichnung des Ehevertrages führt – die Zustimmung der Braut einholen sollte, so wird er in den meisten Fällen wohl kaum in den Frauenteil des Hauses gehen, um sich die Zustimmung zu holen, sondern er wird eher das Wort des Vormunds akzeptieren. Obgleich die Frauen untereinander in den meisten Fällen maßgeblich beteiligt sind und die Zustimmung des Mädchens eingeholt wird, so wird in vielen Fällen doch großer Druck auf die Mädchen ausgeübt, sich nach den Wünschen des Vaters oder des Bruders zu richten. Eine Ablehnung seitens des Mädchens hieße Ablehnung und Schande über die Familie zu bringen. Die Ehe ist die beste Sicherheit für Frauen im Sudan, vor allem, da die überwiegende Mehrheit keine Ausbildung erhalten hat und somit kaum eine Möglichkeit vorhanden ist, den Lebensunterhalt zu verdienen.

Die Frauenbewegungen haben bisher folgendes für sudanesische Frauen erreichen können:

1. Gleiche Bezahlung für gleiche Arbeit angestellter Frauen in städtischen Bereichen;
2. Soziale Leistungen und Pensionen für weibliche Angestellte des Staates;
3. Zwei Monate bezahlter Schwangerschaftsurlaub plus
   - täglich eine Stunde frei für stillende Mütter und
   - einen Tag frei für die monatliche Periode;
4. Unbezahlten Urlaub bis zu fünf Jahren, wenn die Ehefrau ihren Mann begleitet, der außerhalb des Landes studiert oder arbeitet;
5. Passives und aktives Wahlrecht;
6. Das Recht, den Ehemann zu wählen;
7. Das Recht, in dem Ehevertrag eine Klausel einzusetzen, die Frauen eine Scheidung erlaubt;
8. Das Recht, sich scheiden zu lassen, wenn der Ehemann drei Jahre abwesend ist;
9. Scheidungsersuchen seitens des Mannes nur vor einem Richter*;
10. Abschaffung des »Bat eta'ah« – »Shari'a« (Islamisches Gesetz), das es dem Ehemann erlaubt, seine entflohene Ehefrau mit Polizeigewalt wieder zurückzuholen;
11. Änderung der »Shari'a«, in dem der Unterhaltsbeitrag für die Frau von einem Viertel auf die Hälfte des Gehalts des Ehemannes erhöht wurde;
12. Weitere Gesetze sind ausgearbeitet, und es wird gehofft, daß sie demnächst rechtskräftig werden:
    - Arbeitszeitenbegrenzung für Frauen;
    - Das Verbot, Frauen bei Arbeiten einzusetzen, die große physische Kraft benötigen, und Tätigkeiten in zu großer Hitze oder Kälte;
    - Besondere Gesetze in bezug auf Arbeitsbefreiung, z. B. bei Kinderbetreuung.

---

* Ein muslimischer Mann kann sich von seiner Frau scheiden lassen, indem er vor drei männlichen Zeugen dreimal ruft: »Ich lasse mich von dir scheiden!« Für eine Frau ist es aber immer noch sehr schwierig, sich scheiden zu lassen, wenn der Mann nicht damit einverstanden ist.

Doch den meisten sudanesischen Frauen sind die vorgenannten Reformen nicht bekannt, und inwieweit diese wirklich ausgeführt wurden, ist bisher nicht untersucht worden.

Versuche der Frauenbewegungen, sudanesische Frauen davon zu überzeugen, daß gewisse traditionelle Praktiken gesundheitschädlich seien, wie z. B. die weibliche Beschneidung und Skarifizieren des Gesichts, sind aber bisher, was die weibliche Beschneidung anbelangt, wenig erfolgreich. Es sollte jedoch nicht unerwähnt bleiben, daß Mahasin Saad und andere Frauen es 1965 schafften, die erste Familienplanungsberatungsstelle zu eröffnen. Heute sind in allen größeren Städten Niederlassungen zu finden, und auch die ländlichen Gebiete sind mit einbezogen.

In letzter Zeit organisieren sich wieder mehr Frauen auf politischer und privater Ebene, um das Los der ländlichen und armen städtischen Frauen zu verbessern.

Religion

Die Sudanesen sind sehr religiöse Menschen. Das grundlegende Element der Kultur ist die Religion, dabei ist es unbedeutend, ob jemand Muslim, Christ oder Anhänger einer der traditionellen afrikanischen Religion ist. Da sich jedoch der überwiegende Teil der Sudanesen zum Islam (sunnitischer Rechtsschule) bekennt, werden die Vorstellungen von Moral und Benehmen sowie Alltags- und Festtagshandlungen weitgehend von dieser Religion geprägt.

Islam

Islam heißt: sich Allah (Allah = Gott) hingeben, sein ganzes Selbst Allah anheimstellen, im Zustand des Heils sein. Islam bedeutet auch das Praktizieren der Vorschriften und Gebote und deutet somit ein äußeres Bekenntnis der Zugehörigkeit zu der Gemeinschaft der »muslimun« an, d. h. derer, die dieser Gemeinschaft auch innerlich zugehörig sind.

Der Koran bezeichnet den Islam als die einzige und wahre Religion vor Gott (Sura 3:2 u.a.). Die Aussage bedeutet jedoch nicht, daß das Christentum und das Judentum abgelehnt werden. Der Koran geht davon aus, daß alle Propheten Gottes von Adam bis Mohammed die Religion des Islam verkündet haben. Christentum und Judentum sind daher Bestandteil des Islam (Sura 2:157; 5:45–49 u.a.).

Unter orthodoxem Islam – vertreten durch die Fundamentalisten – sind die Auslegungen und Praktiken zu verstehen, die durch die Glaubensquellen des Islam, Koran, Sunna, Hadithen und Quiyas, abgedeckt sind. Die zentrale Rolle im Islam spielt nicht der Prophet, sondern die Heilige Schrift: der Koran. Er ist das Wort Gottes durch den Mund des Propheten. Es ist die Urform des Gesetzes, die letztgültige Autorität. Als zweite Erkenntnisquelle des Islam gilt die »Sunna«, arabisch: Tradition. Es heißt soviel wie gewohnte Handlungsweise, Brauch, Lebensführung. Das Vorbild ist der Prophet Mohammed, dem der gläubige Muslim nacheifern soll. Die »Sunna« ist die vom Propheten überlieferte Textauslegung. Sie umfaßt Aussprüche und Gebräuche, zusammengefaßt und schriftlich fixiert in den »Hadithen«. Als dritte und vierte Erkenntnisquelle dienen die »Quiyas«, Analogieschluß, und der »Idschma«, die übereinstimmende Überzeugung der islamischen Gesellschaft.

Shari'a

Das Wort »shari'a« bedeutet soviel wie der ‚Weg zur Tränke', ‚zum Wasser des Lebens' und steht für das gesamte koranische Gesetz. Die »shari'a« enthält für den Muslim die von Gott gesetzte Schöpfungsordnung, die endgültig durch den Propheten offenbart wurde und bis zum Jüngsten Tag Gültigkeit hat. Sie regelt das bewußte Verhalten des zurechnungsfähigen Menschen, und zwar seine praktischen Beziehungen zu seinem Schöpfer, zu seinen Mitmenschen und zu allen Kreaturen, die Gott geschaffen hat.

Frauen und Islam

Die Lehren des Koran in bezug auf die Stellung der Frauen und das gesellschaftliche Verhältnis zwischen Mann und Frau waren zu Zeiten des Propheten Mohammed revolutionär. Kindestötung wurde verboten. Polygamie, die bisher eine unbegrenzte Anzahl von Frauen erlaubte, wurde auf vier legale Ehefrauen festgelegt unter strengsten Auflagen, alle Frauen gleich zu handeln, und falls dies dem Mann nicht möglich war, nur eine Frau zu heiraten. Soziale und rechtsgültige Institutionen wurden errichtet, die sich mit Angelegenheiten des Familiengesetzes befaßten, z. B. Obhut der Kinder, Ehe, Scheidung, Erbrecht. Zum ersten Mal erhielten Frauen Erbrecht. Es wurde den Frauen erlaubt, ihr Geld zu verwalten und ihr eigenes Einkommen zu kontrollieren.

Der Koran lehrt Sittsamkeit für beide Geschlechter, und die Gleichheit von Mann und Frau im religiösen und geistigen Bereich wurde anerkannt. Zur Zeit des Propheten Mohammed waren Bildung und Wissen notwendig für richtiges Verhalten und Anstand. Für jeden Muslim – Mann und Frau – wurde es als sehr wichtig angesehen, sich Bildung anzueignen. Den Frauen war erlaubt, öffentlich in den Moscheen zu beten. Aber schon bald nach dem Tode des Propheten wurde dies den Frauen verboten. Das Verhalten muslimischer Männer Frauen gegenüber wird von religiösen Vorschriften regiert.

Im Koran wird gesagt (Sura 4:34), daß Männer Autorität über Frauen ausüben können, da Allah die Männer so erschaffen hat, daß sie den Frauen überlegen sind und da die Männer ihr Geld für den Unterhalt der Frauen ausgeben. Dieser und andere Koranverse rechtfertigen harte Verfahrensweisen und dienen mehr Zwecken in bezug auf Frauen als beabsichtigt. Diese Vorstellung wird von mehreren Frauen in den folgenden Interviews immer wieder hervorgehoben. Gebildete muslimische Frauen meinen, daß die Basis der Inferiorität und die Ungleichheit der Frauen nicht aufgebaut ist auf die religiöse Ideologie, wie sie von Männern ausgelegt wird, sondern sind das Ergebnis besonderer gesellschaftlicher Institutionen, hervorgebracht, um die sexuellen, sozialen und politischen Rechte zu begrenzen.

Im heutigen Sudan, besonders in der Hauptstadt, ist eine Veränderung hinsichtlich der Kleidung unter jungen Mädchen zu bemerken. Universitätsstudentinnen begannen, sich nach der Art der Muslimschwestern zu kleiden, auch wenn sie der Bewegung nicht angehören; andere Mädchen folgten der Mode und zwar aus folgenden Gründen.

Die jungen Mädchen behaupten, daß Männer sie belästigen,

wenn sie sich nach westlicher Mode kleiden würden. Sogar im traditionellen »Tob« (eine Art Sari) hätten sie manchmal Schwierigkeiten, da er nicht Haar und Beine völlig verdecken würde. Aber sobald die Mädchen ihr Haar mit einem Tuch verdecken würden und lange Röcke und Blusen mit langen Ärmeln tragen, könnten sie unbelästigt durch die Straßen gehen. In den Städten ist diese Art der Bekleidung auch Mode geworden, denn die jungen Mädchen machen das beste daraus und variieren die Kopfbedeckung oft sehr attraktiv. Sie behaupten, daß sie diese Bekleidung bevorzugen nicht nur auf Grund der dadurch verhinderten Belästigung durch die Männer, sondern sie könnten sich auch freier bewegen als im traditionellen »Tob« möglich sei, und dies hätte große Vorteile bei Studium und Arbeit.

Christentum

Da ein Teil der befragten Frauen aus dem Südsudan stammen und Christen sind, soll hier kurz auf die Ausbreitung des Christentums im Sudan eingegangen werden.

Um die islamischen Nordsudanesen und ihre ägyptischen Glaubensbrüder nicht unnötig zu provozieren, verfügte der britische Generalgouverneur im Sudan, Lord Kitchener (1889), daß den christlichen Missionaren die Arbeit im Nordsudan untersagt werden sollte. Damit war die erste Zweiteilung des ohnehin von Gegensätzen geplagten Landes getan. Da jedoch die britische Kolonialregierung unter dem Druck der britischen Öffentlichkeit stand, konnte sie die Missionierung nicht völlig verbieten, und somit reisten 1901 die ersten Missionare in den Südsudan. Trotz der anfänglichen Ablehnung durch die einheimische Bevölkerung konnten vor allem die »Verona Padres«, zumeist deutschsprachige Missionare aus Tirol und Österreich, bei den nilotischen Völkern Fuß fassen. Sie leiten auch heute noch die meisten Missionsschulen, und zwar nicht nur im Südsudan, sondern auch in fast allen größeren Städten des Nordens.

Mit großen Schwierigkeiten hatten die Missionare der anglikanischen Kirche (CMS) zu kämpfen. Ihnen war durch die Kolonialregierung die südliche Provinz Equatoria zugeteilt worden. Durch

Krankheiten geschwächt und von der Regierung und Kirche finanziell kaum unterstützt, war es den Missionaren erst 1912/13 möglich, kleine Missionsstationen zu eröffnen. Die einheimischen Völker dieser Region waren und sind auch heute noch nicht sonderlich interessiert, von den Missionaren bekehrt zu werden. Schulen und Krankenhäuser brachten jedoch einen gewissen Erfolg für die Missionare. Heute schätzt man die Christen im Sudan auf etwa 2 Millionen. Dies sind hauptsächlich Schüler und Schülerinnen aus den Missionsschulen, die die heutige südsudanesische Elite ausmachen. Eine christliche Minderheit bilden die Kopten in den Städten des Nordsudan, die dort seit vielen Generationen ansässig sind.

Traditionelle Religionen

Fast ein Drittel der Sudanesen sind Anhänger traditioneller afrikanischer Religionen, auch wenn sie sich als Muslim oder Christen bezeichnen. Die Vielzahl der verschiedenen Glaubensrichtungen der traditionellen Religionen und die damit in Zusammenhang stehenden Rituale, Symbole, Einstellungen und Verhaltensweisen können hier aus räumlichen Gründen nicht aufgezählt werden und sind zum Teil auch noch nicht wissenschaftlich erforscht. Eines hat jedoch die überwiegende Zahl dieser Religionen gemeinsam, ihre Anhänger glauben an ein ‚Höchstes Wesen', an eine Gottvater-Figur, die über alles wacht. Die bisher bekannten Religionen unterscheiden sich durch ihre Rituale, Symbolik und Vermittler, die zwischen dem ‚Höchsten Wesen' und den Menschen stehen. Bei einigen Völkern sind die Ahnen die Vermittler, bei anderen sind es die Priester, oder auch beide.

Die Anhänger traditioneller Religionen haben jedoch eines gemeinsam mit ihren christlichen und islamischen Landsleuten: auch ihre Verhaltensweisen und Einstellungen werden sehr stark von der Religion geprägt.

Der »Böse Blick« (»Ain«)

Neid gilt als Ursache des »Bösen Blicks«, der bewußt oder unbewußt sein kann. Kinder sind besonders gefährdet, daher sollten kleine Kinder nie zu sehr bewundert werden. Zuviel Bewunderung könnte den »Bösen Blick« hervorrufen, und das heiße, das Kind würde krank werden und vielleicht sogar sterben. Viele Mütter geben daher auch ungern Auskunft über die genaue Anzahl ihrer Kinder, da sie befürchten, der »Böse Blick« würde eines der Kinder befallen. Sie geben daher oft eine geringere Kinderzahl an; denn je mehr Kinder, desto größer der Neid.

Um all den Möglichkeiten des »Bösen Blicks« zu begegnen, werden Amulette mit Koransprüchen getragen, aber auch Silbermünzen, Ketten aus Bernstein und blauen Steinen und die ‚abwehrende Hand der Fatima'. Außerdem kann der »Böse Blick« durch das Verbrennen besonderer Dufthölzer und Essenzen abgewendet werden.

Bei den meisten Sudanesen spielen volksreligiöse Vorstellungen eine wichtige Rolle. Gebildete Sudanesen lehnen zwar oft die volksreligiösen Vorstellungen ab; es hindert sie jedoch nicht, im Unbewußten daran zu glauben und danach zu handeln.

»Zar«-Kult

Für viele sudanesische Frauen spielt der »Zar«-Kult eine wichtige Rolle. Der »Zar«-Kult wird vom Islam abgelehnt, da er jedoch für viele Frauen die Rolle derjenigen Männer–Bruderschaften übernimmt, die ihren Mitgliedern durch Trance-Zeremonien psychologische Heilverfahren versprechen und außerdem eine sehr beliebte Möglichkeit des Kommunikationsaustausches unter Frauen ist, werden im folgenden Einzelheiten des Kultes zur Sprache kommen.

Der »Zar«-Kult ist eine Art von Sühneopfer für den Dämon Zar, im Arabischen auch »ar-rih el ahmar«, der rote Wind, genannt. Die Kulthandlung wird von Musik und Tanz begleitet. Blutopfer sind

Dienerinnen im »Zar«-Haus

ein Paar Tauben und/oder ein Hammel. Anhänger des »Zar«-Kults glauben, daß bestimmte Menschen von dem Dämon »Zar« besessen sind, der ihnen zeitlebens großes Unbehagen bereitet und nur durch ekstatische Tänze, Geschenke und Opfer vorübergehend besänftigt werden kann. Der »Zar« ist zu weit vom Islam entfernt, als daß ein Versuch unternommen wurde, ihn zu »islamisieren«. Die Anhängerinnen des »Zar«-Kults betrachten sich aber durchaus als Muslime und halten sich an die Gebote des Islam.

Es bestehen keine genauen Informationen über den Ursprung des »Zar«-Kults, aber er ist nicht aus dem Islam. Eine Quelle gibt an, daß der »Zar« in den Sudan über Äthiopien eingeführt wurde, und zwar durch Sklavinnen über Ägypten und Saudi Arabien.

Andere »Zar«-Priesterinnen behaupten, daß der »Zar« durch Fatma, die Frau eines türkischen Sultans, der den Sudan im vorigen Jahrhundert besetzte, in den Sudan gebracht wurde. Es ist jedoch eine Tatsache, daß die Mehrzahl der Priesterinnen nach ethnischen Gesichtspunkten ursprünglich aus den Bevölkerungsgruppen stammen, die als Sklaven in den islamischen Nordsudan gebracht wurden.

Jedoch stammen die Anhängerinnen des »Zar«-Kults aus allen gesellschaftlichen Schichten; es sind verheiratete, geschiedene, verwitwete und unverheiratete Frauen, die sich bei den Kult-Zeremonien treffen. Eine kranke Frau wird zunächst einen Arzt oder einen »Faki« (heiliger Mann) konsultieren. Welchen der beiden die kranke Frau aufsucht, das hängt von ihrem gesellschaftlichen Hintergrund ab. Ist weder Arzt noch »Faki« imstande, der Frau zu helfen, so wird sie in vielen Fällen eine »Zar«-Priesterin, die »Scheicha«, aufsuchen.

Die Stellung der Scheicha verlangt Gefühl, Einfühlungsvermögen, Kenntnis der menschlichen Natur, Autorität, mystische Macht und auch Charisma, damit es ihr möglich ist, die Krankheit zu diagnostizieren und die Patientin zu beeinflussen. Die Scheicha entscheidet dann auch, welches Sühneopfer dem »Zar« dargebracht werden muß. Bevor jedoch der »Zar«-Dämon befriedigt werden kann, muß seine Identität festgestellt werden. Und das geschieht durch das ‚Öffnen der Kiste'. Dazu werden die folgenden Dinge benötigt: Zucker, Kaffee, Parfüm, Süßigkeiten, Getränke, Kerzen und ein Taubenpaar. Es gibt mehere »Zar«-Geister, die bekanntesten sind: der Derwisch, der Äthiopier, der Araber, der schwarze und der weiße Mann. Jeder Geist steht in Verbindung mit besonderen Symptomen der Krankheit, charakterisiert durch besondere Lieder, Tänze, Kleidung und anderes Verlangen. Zum Beispiel verlangt der »Zar« des weißen Mannes das Tragen von europäischer Kleidung, das Rauchen von Zigaretten und das Trinken von Alkohol. Die Patientin und die Anhänger des »Zar«-Kults, die anwesend sind, folgen den Wünschen des Zar-Dämons, indem sie sich entsprechend kleiden, tanzen, rauchen und trinken.

Traditionell findet die eigentliche »Zar«-Zeremonie entweder nur im kleinen Kreise unter Verwandten statt, oder – und das in den meisten Fällen – gemeinsam mit einer großen Anzahl von Frauen mit gleichem sozialen Hintergrund, hauptsächlich Verwandte und Freundinnen der Kranken. Die Zeremonie beginnt gewöhnlich nachmittags. Der Vormittag wird von den Frauen dazu benutzt, Mahlzeiten und Getränke für die Besucher vorzubereiten. Ein großes Zimmer wird ausgeräumt und mit Strohmatten und Matratzen ausgelegt. Einige Stühle an den Wänden sind für ältere Besucherinnen reserviert, die Mehrzahl der Frauen wird am Boden auf den Matten sitzen. Gegenüber der Eingangstür sitzt die Scheicha, umgeben von ihren Assistentinnen, die für Gesang und Trommelbegleitung verantwortlich sind. Die benötigten Gegenstände für die Zeremonie – Weihrauch, Parfüm, Alkohol, Bekleidung, Zigaretten – sind im Umkreis der Scheicha niedergelegt. Der Platz in der Mitte des Zimmers wird für den Tanz frei gehalten.

Jede Teilnehmerin der Zeremonie begrüßt zunächst die Scheicha und zahlt einen Obulus. Durch Beweihräuchern reinigt die Scheicha symbolisch die äußeren Körperteile der Besucherin und durch das Einatmen des Weihrauchs reinigt die Besucherin ihr Inneres. Während dieses Ritus ruft die Scheicha immer wieder den Geist, sich erkenntlich zu zeigen, damit er befriedigt werden kann. Dieses Ritual wird von den Assistentinnen der Scheicha durch Trommeln und Singen unterstützt, und zwar in einem besonderen Staccato-Rhythmus. Falls die Patientin oder eine der anwesenden Frauen von einem der angerufenen Geister besessen ist, dann wird sie anfangen zu zittern, sich hin und her schwingen und dann zur Zimmermitte rasen und den Tanz beginnen. Andere Frauen werden sich ebenfalls im Rhythmus der Trommeln zu bewegen beginnen. Wieder andere fallen in Trance und tanzen in völliger Abstraktion zu dem hypnotischen Staccato der Trommeln. Viele Frauen fallen in eine Art von Ekstase, andere tanzen nur mit der Patientin in der Mitte des Raumes, während den Forderungen des Dämons, der durch die Patientin oder andere besessenen Frauen spricht, nachgekommen wird. Nach einiger Zeit wird die Scheicha, die oft als arabischer Mann gekleidet ist, sich den besessenen Frauen nähern und ihnen vorsichtig mit ihren Händen über Gesicht und Nacken streicheln, dabei spricht sie leise und immer wieder: Du bist geheilt, es geht dir gut, entspanne dich... Die besessenen Frauen erwachen langsam aus der Trance, sinken zu Boden und fühlen sich befreit.

Während der Zeremonie wird das Opferlamm geschlachtet und zubereitet und später von den anwesenden Frauen in einer gemeinsamen Mahlzeit gegessen. Dieses gemeinsame Mahl, das der »Zar«-Zeremonie nachfolgt, gehört zum Ritus des Zar und hilft den unglücklichen Frauen durch die Sympathie der Anwesenden, mit ihren Problemen eher fertig zu werden.

Um die Funktion des »Zar«-Kults analysieren zu können, muß er im Rahmen der Frauenrollen in der sudanesischen Gesellschaft gesehen werden. Die Tradition erlaubt der Frau nur eine untergeordnete Stellung. Bestimmte Rechte und Wünsche werden ihnen nicht zugestanden. Ekstatische Tänze, die Erfüllung von bestimmten unterdrückten Wünschen, wie das Rauchen, freies Tanzen – dienen als Ausweg für unbefriedigte Gefühle. In einer männerorientierten Welt versuchen die Frauen sich so zu verhalten, wie es ihnen normalerweise nicht zugestanden wird. Von einigen wird der »Zar« als Erpressungstaktik angesehen, da die Geister oft Kleidung, Silber- und Goldschmuck verlangen, und der Ehemann wird durch die ‚religiöse' Grundlage der Forderung und durch die öffentliche Bekanntgabe gezwungen, den Wünschen zu entsprechen.

Krankheiten sind meistens ein Grund, an einer »Zar«-Zeremonie teilzunehmen, und das Heilen ist einer der wichtigsten Aspekte des Kultes. Krankheiten, die lange Zeit fortdauern, werden Besessenheit durch Geister zugeschrieben. Die meisten Frauen, die die »Zar«-Priesterin konsultieren, klagen über Frustration, Depression und Gleichgültigkeit. Gründe hierfür sind meistens innerhalb der Familie zu finden. Die Angst vor übernatürlichen Kräften, z. B. dem »Bösen Blick«, ist üblich bei Frauen und Männern. Daher wird sich ein Mann der Verbindung seiner Frau mit dem »Zar«-Kult nicht widersetzen, obgleich es ihn in finanzielle Auslagen hineinzieht. Der Ursprung eines Konflikts, der eine Frau dazu bringt, einen »Zar« zu konsultieren, ist oft die Tatsache, daß der Ehemann sich eine zweite Frau nimmt. Die erste Frau ist eifersüchtig und wird eher die Schuld bei der zweiten Frau als bei dem Mann sehen. Die beiden Frauen werden um die Aufmerksamkeit des Mannes in Konkurrenz treten. Krankheit ist ein Weg, die Aufmerksamkeit zu erregen. Frauen haben auch oft große Schwierigkeiten mit ihren Schwiegermüttern. Die Schwiegermutter wird sich fast immer gegen den Wunsch ihres Sohnes, nicht bei ihr leben zu wollen, auflehnen. Es entstehen auch immer Konflikte über Geld, wenn – was oft der Fall ist – der Sohn seine Mutter finanziell unterstützt. Aber der häufigste Grund, einen »Zar« zu konsultieren, ist Unfruchtbarkeit. Eine Frau, die keine Kinder bekommt, wird öffentlich kritisiert, besonders von den Verwandten des Ehemannes, und ihr Mann droht mit Scheidung oder einer zweiten Ehe. Es wird in jedem Fall angenommen, daß die Kinderlosigkeit die Schuld der Frau ist.

Die Neureichen der Städte benutzen heutzutage die »Zar«-Zeremonie dazu, daß die Besucherinnen die neueste Mode und ihren Goldschmuck vorzeigen. Traditionell war diese Art des Vorzeigens von Reichtum nur bei Hochzeiten üblich. Doch nicht alle Zar-Priesterinnen lassen sich für die Attrappen-Zar-Zeremonien kaufen, sie sind überzeugt von ihren Heilungsmöglichkeiten depressiver Frauen.

AIDA

Es ist für die Männer nicht einfach, radikale Veränderungen zu akzeptieren.

Aida ist eine große und attraktive Frau von 35 Jahren. Sie ist intelligent, sehr unabhängig und sagt offen ihre Meinung. Sie ist zweimal geschieden, und in beiden Fällen hat sie die Scheidung gewollt. Ihre beiden kleinen Kinder – ein Junge und ein Mädchen – leben bei ihr. Sie erhält ausreichend Geld vom Vater der Kinder, um ihren Mittelklasse-Lebensstandard aufrechterhalten zu können. Sie arbeitet im Öffentlichen Dienst, aber gleichzeitig versucht sie, ihr eigenes Geschäft zu eröffnen. Sie hat 5 Nähmaschinen gekauft, und 5 Frauen nähen nach Anleitung für Modegeschäfte.

Kindheit

Ich gehöre den Shigiya aus dem Nordsudan an. Ich bin in einer Großfamilie aufgewachsen. Mein Vater hatte zwei Frauen zur gleichen Zeit. Eine Frau war seine Kusine. Er heiratete sie kurz nachdem er meine Mutter geheiratet hatte. Es ist Brauch, daß man sich um Verwandte kümmert. Seine Kusine, eine geschiedene Frau, hatte keine Kinder von ihrem ersten Mann, aber später hatte sie von meinem Vater 4 Söhne und 2 Töchter. Meine Mutter hatte 11 Töchter und einen Sohn.

Ich wurde in der Gezira (Zentralregion) geboren. Dort arbeitete mein Vater als medizinischer Assistent. Aber den größten Teil meiner Kindheit habe ich in dem kleinen Nildorf bei Karima im Nordsudan verbracht. Unsere Großfamilie stammt aus dem Dorf. Für uns Kinder war der schönste Zeitvertreib das Spielen beim Barkal-Berg, der Berg bei den Pyramiden. In den Ferien und an Festtagen sind wir mit unseren Freunden immer zum Barkal-Berg gegangen.

Ich hatte eine glückliche Kindheit. Aber mit 12 Jahren begann die Unterdrückung, wie bei allen Mädchen. Wir durften dann nicht mehr das Haus verlassen. Wir durften nicht mehr außerhalb des Hauses spielen, und wir mußten uns in einer bestimmten Art vor

Gästen innerhalb des Hauses bewegen und benehmen, die nicht in der Natur liegt. Man muß schüchtern erscheinen, wenn man einem Gast etwas zu trinken bringt, und man darf sich nicht zu den Gästen setzen. Ich mochte diese Art des Benehmens gar nicht. Alle Mädchen mußten durch diesen Lebensabschnitt, und wir waren nicht glücklich.

Bildung

Mein Bruder hat uns Mädchen viel geholfen, als er merkte, daß unsere Eltern begannen, uns wie Erwachsene zu behandeln. Zu der Zeit hatte er gerade die Oberschule beendet, und er begann mit seinem Studium an der Universität von Khartoum. Er war sehr fortschrittlich. Mein Bruder war älter als ich und kam in seinen Ferien immer in unser Dorf. Als er bemerkte, wie wir Mädchen behandelt wurden, begann er sich mit unseren Eltern auseinanderzusetzen. Mein Bruder gewann den Kampf. Er setzte ein neues System fest, und meine Eltern begannen, uns anders zu behandeln.

Sie änderten ihre Haltung in bezug auf unsere Ausbildung und unseren Wunsch, aus dem Haus zu gehen, um Freundinnen zu besuchen. Mein Bruder hat auch immer versucht, unsere Hobbies herauszufinden, und er hat uns darin unterstützt. Und ich erinnere mich, daß er herausfand, daß die Dorfschule für Mädchen einen sehr schlechten Standard hatte, und er nahm mich daraufhin aus der Mädchenschule und schickte mich in die Jungenschule. Ich war damals in meinem 6. Schuljahr, und es war das erste Mal, daß so etwas getan wurde. Das ganze Dorf regte sich zunächst auf, aber dann haben andere Eltern das gleiche getan. Eltern schickten ihre Töchter in die Jungenschule, das war noch nie dagewesen!

Nach Beendigung der Grundschule wurde ich nach Berber in die Oberschule geschickt. Wir wohnten im Mädcheninternat. Am Wochenende haben wir immer unsere Verwandten in Berber besucht. Und dann bekamen wir einen neuen Schulleiter. Er verbot uns, das Schulgelände zu verlassen, ausgenommen unsere Brüder oder Väter würden uns direkt vor der Schultür abholen. Und obgleich ich noch sehr jung war, wollte ich das nicht akzeptieren. Als das Wochenende kam, ging ich wie üblich zu meinen Verwandten. Der Schulleiter bestrafte mich damit, indem ich von der Schule in Berber nach Shendi versetzt wurde. Ich habe die Oberschule in Shendi besucht bis zur Aufnahme in die Universität in Khartoum. Nach drei Jahren Universität habe ich geheiratet.

Ich war schon früh eine Revolutionärin. Aber in meiner Jugend sah man es nicht so, und die Leute waren gegen mich, besonders die traditionellen. Nur mein Bruder hat mich unterstützt. Meine Schwestern waren nicht so wie ich, nur eine jüngere Schwester ist so etwa wie ich, aber anders. Sie ist selbstsicher und hat einen starken Charakter. Sie ist jetzt verheiratet und arbeitet beim Zoll.

Wie denkst du über die weibliche Beschneidung?
Ich bin natürlich dagegen! Mein Vater war ein demokratischer Mann, aber meine Mutter hatte großen Einfluß. Sie war sehr traditionell eingestellt, hatte viele Töchter und fühlte sich verantwortlich, die Töchter in traditioneller Weise aufzuziehen. Sie hielt traditionelle Erziehung für wichtig in bezug auf den Ruf und zukünftige Ehen ihrer Töchter. Sie war sehr streng mit uns.

Mein Vater legte immer Wert auf Bildung. Wir sollten viel lernen und auch das Dorf verlassen, um in den Städten unser Wissen zu erweitern. Und sogar bei unserer Beschneidung war mein Vater dabei, damit er der Hebamme genau sagen konnte, was sie zu tun hatte. Er stand dabei und gab uns eine Spritze, damit der Schmerz nicht so schlimm war. Und wir haben es ihm zu verdanken, daß wir nicht, wie üblich in unserer Gegend, pharaonisch beschnitten wurden, sondern in einer gemäßigten Art mit weniger Schaden.

Mein Vater konnte die Beschneidung nicht verhindern, nein, ganz und gar nicht, denn meine Mutter bestand darauf. Für sie war es wichtig, daß wir einmal heiraten sollten, und sie war der Überzeugung, daß Männer keine unbeschnittenen Mädchen heiraten würden.

Aber ich werde meine Tochter niemals beschneiden lassen, niemals! Ich kann mich noch genau an meine Beschneidung erinnern. Ich war wohl 5 oder 6 Jahre alt, es war, bevor ich zur Schule ging. Es begann mit einem Fest. Meine Schwestern, die am gleichen Tag beschnitten wurden, und ich bekamen neue Kleider und wurden mit Henna dekoriert. Aber als das Schneiden begann und ich das Blut sah, fing ich an zu weinen und klammerte mich an die Frauen, die mich festhielten. Obgleich ich eine Spritze bekommen hatte, so fühlte ich doch den Schmerz, sah das Blut und das Loch, das sie schnitten und wie sie mir die Beine festhielten. Es war furchtbar, ich fühlte mich wie abgeschlachtet.

Alle meine Schwestern wurden an dem Tag beschnitten, nur meine älteste Schwester hatte Glück. Sie war bei einem Onkel, einem medizinischen Assistenten gewesen, und er hatte sie auf Sunna-Art, die leichteste Art der Beschneidung, beschnitten. Als meine Schwester zurückkam in unser Dorf, war sie 13 Jahre alt und wurde gleich verheiratet. Sie wurde schwanger, und als sie ihr Kind bekommen sollte, entdeckte die Hebamme, daß meine Schwester nur »Sunna« beschnitten war. In dem Moment, als das Baby geboren wurde, beschnitt die Hebamme meine Schwester auf die alte, traditionelle pharaonische Art. Meine Mutter war damit einverstanden, denn die Frauen dachten, daß sie meiner Schwester damit einen Gefallen getan hätten. Meine Schwester war zu jung, um sich gegen die pharaonische Beschneidung zu entscheiden. Es wurde ihr gesagt, daß sie ihren Mann damit erfreuen würde, und sie stimmte zu. In meinem Dorf werden die Mädchen heute nicht mehr pharaonisch beschnitten, sondern nur noch Sunna.

Heirat und Ehe

Mit 23 Jahren habe ich zum ersten Mal geheiratet. Mein Mann war nicht mit mir verwandt, ich habe ihn an der Universität getroffen. Meinen zweiten Mann habe ich ein paar Jahre später geheiratet, nachdem ich meinen ersten Mann um eine Scheidung gebeten hatte. Wir waren beide zu jung für eine Ehe.

Ich kann nicht behaupten, daß mein Leben nur durch gute Stadien verlaufen ist. Das Dominieren des Mannes fühlte ich wie jede Frau. Ich habe mich gesträubt, ich habe versucht zu kämpfen und meinen Standpunkt klar zu machen, und das hat mich immer in Konflikte gebracht. Und dann habe ich mich auch von meinem zweiten Mann scheiden lassen.

Mein zweiter Mann hat immer gesagt, ich sei ein Rebell. So hat er mich auch immer genannt. Und sogar wenn er meine Familie besuchte, beschwerte er sich und meinte, daß ich mein Familienleben nicht genieße; denn er wollte, daß ich mit meinen Kindern zu Hause sitze, seine Gäste empfange und immer schön aussehe. Aber ich habe ganz andere Ideen. Ich möchte gern aus dem Haus gehen und am gesellschaftlichen Leben teilnehmen. Ich möchte mich gern mit intelligenten Leuten unterhalten und diskutieren und ins Theater gehen.

Am Anfang hat mein Mann mit mir etwas unternommen, aber er hat es bald aufgegeben. Um fair zu sein, er hat sehr viel mit seinem Geschäften zu tun und zieht es vor, seine Zeit mit seiner Arbeit zu verbringen. Er hat sich geweigert, mich zu begleiten, deshalb bin ich dann allein ausgegangen. Auch wenn er früh nach Hause kam, und ich hatte ein Programm vorbereitet, wurde nie etwas daraus, denn er war zu müde. Es war ihm alles zuviel. Wir haben versucht, unsere Ehe zu retten, aber er meinte, daß er ein traditioneller Mann aus Omdurman sei und mit meiner Art von Leben nicht zurecht käme.

Mein Mann war ein guter Freund meines Bruders. Mein Bruder starb vor 10 Jahren an Krebs, ich kann es heute noch nicht überwinden, denn meinem Bruder verdanke ich alles. Ja, ich lernte meinen Mann durch meinen Bruder kennen, und was meinem Mann wohl an mir gefiel, war, daß ich so anders als die meisten sudanesischen Frauen bin. Das hat ihn wohl gereizt, obwohl er zu der Zeit verheiratet war und drei Töchter hatte.

Ich wollte ihn zunächst nicht heiraten, denn erstens hatte ich einen anderen Freund, den ich heiraten wollte, und zweitens war er ja verheiratet. Mein Mann begann dann, meine Familie regelmäßig zu besuchen, er brachte Geschenke, und alle begannen ihn zu mögen und rieten mir, diesen Mann zu heiraten, und meinen Freund zu vergessen. Mein Freund kämpfte nicht um mich, und mein Mann gab nicht auf. Auch mein Argument wischte er zur Seite, nicht die zweite Frau in seiner Ehe sein zu wollen. Er sagte, daß er von seiner Frau schon lange getrennt lebe und sie nur wegen der Kinder noch in dem Familienhaus zusammen wohnten. Das sagte er zu mir und meiner Familie. Ich glaubte ihm zuletzt, als er sagte, daß seine erste Frau nur die Kinderfrau der Töchter sei und sie schon lange Zeit nicht mehr zusammen gewesen seien. Aber er wollte sich wegen der Töchter nicht scheiden lassen, das würde bei den Kindern zu psychologischen Problemen führen.

Die ersten beiden Jahre waren wir ein sehr glückliches Paar. Wir wohnten in einem eigenen Haus, und mein Mann besuchte seine Töchter nur an Feiertagen in dem anderen Haus, in dem sie mit ihrer Mutter und den Eltern der Frau lebten. Ich war sehr glücklich, aber alles änderte sich, als ich meinen Sohn bekam. Und plötzlich sagte mein Mann mir, daß er eine Nacht mit mir und eine Nacht mit seiner ersten Frau verbringen müßte. Im Wechsel, weil der Islam gleiche Behandlung vorschreibt. Das war dann der Hauptgrund für unsere Scheidung.

Hast du dich deshalb scheiden lassen?
Ja, ich habe um die Scheidung gebeten, denn gesellschaftlich kann ich nicht als Zweitfrau leben. Ich sagte ihm, daß es eine Sache zwischen ihm und mir sei. Er hätte mir gesagt, daß er sich von seiner ersten Frau getrennt hätte und nur die offizielle Bindung wegen der Töchter aufrechterhalten hätte. Aber diese widerliche Sache würde ich nicht akzeptieren. Ich kann es nicht verkraften, daß er einmal bei mir und einmal bei ihr ist.

Was ist mit deinen Kindern?
Mein geschiedener Mann hat bisher nicht gesagt, daß er die Kinder haben möchte, obgleich mein Sohn sein einziger ist. Aber er mischt sich manchmal ein, z. B. habe ich einen sehr lieben Freund, und den mag er nicht. Seine Bedingungen sind, mein Freund sollte mich nicht zu Hause besuchen, sonst würde er nicht mehr kommen, und er wolle auch nicht, daß dieser Mann seine Kinder berühre. Als mein Mann 4 Monate nicht mehr kam, und die Kinder immer wieder nach ihrem Vater fragten, bin ich zu ihm gegangen und habe seine Bedingungen akzeptiert. Das psychologische Wohl meiner Kinder war mir wichtiger, und ich kann meinen Freund ja auch irgendwo anders treffen. Ich habe also nachgegeben, obgleich es mich traurig machte. Mein geschiedener Mann kam dann wieder regelmäßig, aber inzwischen ist es auch schon wieder einen Monat her, seit er seine Kinder besucht hat. Und die Kinder fragen, weshalb bringst du uns nicht zu ihm? Weshalb kommt er nicht? Das sind Fragen, die ich nicht beantworten kann. Ich sage dann meistens, daß er sehr beschäftigt ist. Dann habe ich die Kinder zu ihm über das Wochendende geschickt, aber auch dort hatte er keine Zeit für sie. Doch ich muß sagen, daß er mir genügend Geld gibt, so daß ich mit den Kindern gut leben kann. Meine Mutter ist bei mir und betreut die Kinder, wenn ich arbeite.

Hast du Probleme als geschiedene Frau?

In der traditionellen Gesellschaft hat die geschiedene Frau nicht den vollen Status als Gesellschaftsmitglied. Aber die gebildeten Leute behandeln sie wie jede andere normale Frau. Ich habe keine Probleme. Ich bin froh, geschieden zu sein, denn ich habe mich wieder selbst gefunden. Während meiner Ehe habe ich oft mein Selbstvertrauen verloren. Ich wollte es immer meinem Mann recht machen. Ich habe viele Freunde und werde oft eingeladen. Ein Problem hatte ich einmal, und zwar durch Mitglieder meiner Familie. Ich hatte zum Neujahrsfest Freunde bei mir zu Hause eingeladen, Frauen und Männer, und plötzlich kamen die Söhne meiner Schwester, 15 Jahre jünger als ich, und wollten unser Fest verhindern. Ich habe sie rausgeworfen und am nächsten Tag ein Familientreffen einberufen. Da habe ich dann klar gesagt, daß ich als erwachsene Frau genau wüßte, was ich tun würde und keine Einmischung von irgendeiner Seite wünschte und schon gar nicht von meinen jungen Neffen.

Einige Familienmitglieder sagten, ich sei eine Kommunistin und würde nicht an Gott glauben und ich wüßte nicht, was die Regeln des Islam seien und ähnliches. Nur um meine Ruhe zu haben, sagte ich ihnen, daß sie recht hätten. Seit einem Jahr hat sich niemand mehr in mein Leben eingemischt.

Wie denkst du über sudanesische Männer?

Männer im Sudan! Ich möchte nicht über die traditionellen Männer sprechen. Als Beispiel möchte ich über die Intellektuellen sprechen, mit denen ich oft zusammentreffe. Aber auch diese Intellektuellen sind nicht im Einklang mit ihren Seelen, ihrer Haltung und ihren Taten im Leben. Sie haben die progressive Theorie angenommen. Aber sie leiden, wenn sie die Theorie praktisch anwenden sollen. Und eine Frau wie ich, mit intellektuellen und kommunistischen Einflüssen, die keinen Unterschied zwischen Mann und Frau macht, ist ein Problem auch für die intellektuellen Männer. Im Hinterkopf haben sie den kulturellen Konflikt. Doch gerechterweise muß ich zugeben, daß diese Männer versuchen, einen Ausgleich zu finden und Frauen als gleichwertige Partner zu akzeptieren, obgleich sie ihre Kommentare abgeben und kritisieren. Als Sudanesen müssen sie von ihren Taten überzeugt sein, denn sie sind die Leute, die die Gesellschaft verändern können.

Aber ich glaube auch, daß Männer von Frauen lernen könnten, von dem Benehmen der Frauen. Wenn Männer bei den Frauen eine Unsicherheit bemerken, dann werden sie es sofort für sich ausnutzen. Ich meine damit, wenn man eine schwache Frau ist, dann sind sie glücklich. Männer haben da einen Komplex, sie mögen das Weibliche an einer Frau und das Revolutionäre, Fortschrittliche. Mit anderen Worten: die Frau muß beides verbinden. Doch die meisten bevorzugen in der Theorie zwar eine selbstbewußte Frau, doch sie heiraten den fraulichen Typ. Es gibt jedoch auch Männer, die heiraten selbstbewußte, revolutionäre Frauen und akzeptieren ihre Lebensart.

Es ist alles eine Sache der Kultur. Die Mütter sind die Träger der Tradition, und sie beeinflussen ihre Söhne. Ich selbst bin davon überzeugt, daß es für die Männer nicht einfach ist, radikale Veränderungen zu akzeptieren.

Berufstätige Frauen

Berufstätige Frauen im Sudan haben Probleme. Meine Schwester erzählte mir, daß ihre Tochter, die als Soziologin in der Gezira arbeitet, von ihrem Direktor nach Khartoum zurückgeschickt wurde, da er meinte, daß nur ein Mann diese Arbeit machen könne. Aber meine Nichte möchte diese Arbeit machen, und wir versuchen sie davon zu überzeugen, daß sie um diese Arbeit kämpfen sollte, und wenn wir zum Gericht gehen. In der Gezira muß sie mit Bauern arbeiten und das, meint der Direktor, könnte sie als Frau nicht. Er sollte ihr eine Möglichkeit geben, Erfahrungen zu sammeln und auch den Bauern die Möglichkeit geben, mit einer Frau zusammen zu arbeiten.

Ich selbst habe keine Probleme mit meiner Berufstätigkeit. Ich habe sogar wieder mein Soziologiestudium aufgenommen und hoffe, irgendwann einmal zu promovieren. Außerdem möchte ich in Zukunft unabhängig sein von meinem geschiedenen Mann, und daher habe ich 5 Nähmaschinen gekauft, und nun nähen Frauen, die ich eingestellt habe, für Boutiquen. Ich hoffe, daß es sich rentiert, obwohl ich keine erfahrene Geschäftsfrau bin.

Rechte und Bildung für Frauen

Auf jeden Fall sollen Frauen gleiche Rechte haben, aber die haben sie noch nicht einmal in der westlichen Welt. Und natürlich sollten Frauen auch die gleiche Ausbildung wie Männer bekommen.

Die Sudanesen glauben, daß Keuschheit vor der Ehe wichtig ist. Ich bin dagegen. In unserer Gruppe diskutieren wir diese Sachen ausführlich; auch darüber, daß eine Frau sexuelle Erfahrung mit dem Mann haben sollte, bevor sie ihn heiratet. Denn oft sind die Probleme einer Ehe nur hervorgerufen durch sexuelle Schwierigkeiten. Weshalb sollte ein Paar dieses bestimmte Gebiet nicht vor der Ehe erforschen, bevor es sich durch Heirat festlegt?

Wie erziehst du deine Kinder?

Ich versuche, meinen Sohn und meine Tochter mit gleichen Maßstäben zu erziehen. Ich versuche all das zu relativieren, was sie von außen hören über die Verschiedenheit von Jungen und Mädchen. Für die Zukunft wünsche ich für meine Kinder, daß sie sich frei fühlen und daß sie glücklich sind.

Ich arbeite dafür, daß sie eine gute Ausbildung bekommen, aber auch viel Spaß und Unterhaltung. Ich muß ihren Gesichtskreis vergrößern. Ich möchte sie nicht zu sehr mit meinen persönlichen Wünschen beeinflussen. Ich muß ihnen das geben, was ihnen in Zukunft hilft und was sie fördert, den eigenen Charakter zu entwikkeln.

Wie denkst du über Geld und Gold?

Beides ist wichtig für viele sudanesische Frauen. Sie wollen sich damit zur Schau stellen. Es gibt andere Möglichkeiten sich abzusichern, z. B. Banken und Geldanlagen. Ich finde die Zurschaustellung des Goldes nicht schön. Es gibt so viele andere schöne Sachen zum Tragen. Aber es ist ein besonderes Bedürfnis bestimmter Klassen – der Neureichen, der Parasiten – wie sie genannt werden. Sie haben in dieser Sache eine eigene Kultur entwickelt. Wenn man mit ihnen zusammen sitzt, dann sprechen sie nur über Geld und Gold, wie sie ihre Töchter verheiraten werden, daß sie nicht weniger als LS 20 000,– als Brautgabe akzeptieren würden und ähnliches. Dies hört man auch von gebildeten Hausfrauen, doch kaum von berufstätigen Frauen. Dies ist ein Bourgeoisie-Denken, und ich bleibe da ganz still. Ich kann an solchen Gesprächen nicht teilnehmen.

Was hälst du von der Großfamilie?
Ich versuche, einen Abstand von meinen Verwandten zu halten, ausgenommen sind meine Mutter und meine jüngere Schwester, die beide bei mir leben. Meine ganze Familie lebt nicht mehr zusammen, da alle gebildet sind und arbeiten. Fast alle meine Schwestern sind berufstätig. Außerdem habe ich eine verwitwete Schwester, die allein mit ihrem Sohn und Neffen lebt. Ich fühle mich für in Not geratene Verwandte verantwortlich. Das ist mein Problem. Einige Leute langweilen mich mit der Bemerkung, daß ich eine revolutionäre Frau sei, aber mich doch an die Regeln der Großfamilie halten würde. Wenn mir jemand einen Brief schreibt und um Hilfe bittet, dann helfe ich, und ich mache es gern.

Religion
Ich glaube, der Koran ist gegen die Frauen. Er hat männliche Gesichtspunkte. Im Islam sind die Frauen zweite Klasse.

»Zar« und »Böser Blick«
Ich glaube nicht an den »Bösen Blick« und Teufel und ähnliche Dinge. Aber der »Zar« selbst ist ein Weg der Entspannung, eine psychologische Hilfe, und von dieser Hilfe bin ich überzeugt. Ich selbst bin aber nie bei einem »Zar« gewesen. Aber sogar der »Zar« ist von dieser neuen Klassengesellschaft beeinflußt. Ich war letztens zu einem dieser »Zar«-Feste eingeladen und bin nicht hingegangen, weil es nur noch eine Art der Unterhaltung für die reichen Frauen ist. Sie können dort ihr Gold und ihre neue Kleidung vorzeigen. Aber grundsätzlich bin ich nicht gegen den »Zar«, denn er ist gut für Frauen aller Klassen. Er ist eine Abwechslung und Erleichterung. Frauen bitten im »Zar« um Dinge, die sie nicht äußern können, wenn sie bei Bewußtsein sind, z. B. sie dürfen sich im »Zar« wie Männer benehmen, Bier und Whisky trinken, Zigaretten rauchen. Laß die Frauen dort ihre Freiheit genießen, wenn sie es sonst nicht können!

RANDA

Vor nicht allzu langer Zeit wurde einer Witwe nachgesagt, daß sie Unglück bringe.

Randa ist seit zwei Jahren Witwe. Sie ist eine hübsche, etwas rundliche Frau von 43 Jahren und Mutter von sechs Kindern im Alter zwischen 5 und 22 Jahren. Ihre ersten drei Kinder sind Töchter, die drei letzten sind Söhne. Durch eine traumatische Erfahrung als Dreijährige – die Mutter schrie schrecklich, als der Bruder geboren wurde – hat Randa jedes Mal schreckliche Angst, ein Kind zu gebären. Nachdem Randa endlich, nach drei Töchtern, den gewünschten Sohn bekommen hatte, wollte sie sich sterilisieren lassen. Aber ihr Mann war damit nicht einverstanden. Randa hat jetzt ein gutes und bequemes Leben. Sie wohnt in ihrem Haus in einem feinen Khartoumer Wohnviertel, und sie besitzt eine Wohnung in London. Ihr verstorbener Mann war ein hoher Regierungsbeamter.

Kindheit

Unsere Familie stammt eigentlich aus Wadi Halfa im Norden Sudans und aus Ägypten. Mein Vater war Ingenieur und hat das Gordon College in Khartoum besucht. Meine Mutter hat nur die Grundschule absolviert. Ich hatte eine sehr glückliche Kindheit. Ich habe vier Brüder und zwei Schwestern. Meine Brüder haben alle die Universität besucht, und wir Mädchen haben die Oberschule beendet. Das einzige, was mich unglücklich machte, war, daß meine Eltern einen Unterschied in der Erziehung zwischen den Jungen und Mädchen machten. Meine Mutter erwartete von uns Mädchen immer, daß wir unsere Brüder bedienen. Das hat mir nicht gepaßt.

Ich hätte auch gern eine Universität besucht, doch meine englischen Sprachkenntnisse reichten nicht aus für die Khartoumer Universität. Meine Eltern hätten mich nach Ägypten schicken können, um dort eine Universität zu besuchen, wie es mein Onkel seinen Töchtern erlaubte. Aber mein Vater wollte nicht, daß seine Töchter das Haus verließen. Ich habe meine drei Kusinen, die in Ägypten studieren durften, sehr beneidet. Sie sind jetzt berufstätig.

Wie erziehst du deine Kinder?
Ich mache keinen Unterschied in der Erziehung meiner Kinder. Ich behandele sie alle gleich. Sie sollen alle die gleiche Chance in ihrer Ausbildung bekommen. (M. E. entspricht dies nicht ganz der Wahrheit, denn als ihre dritte Tochter geboren wurde, war Randa sehr enttäuscht, und das läßt sie heute noch ihre Tochter spüren.) Ich bin aber dafür, daß die Familien kleiner sein sollten. Doch viele Frauen haben so viele Kinder, weil sie sich Söhne wünschen, die ihnen Sicherheit im Alter garantieren.

Was hältst du von weiblicher Beschneidung?
Bei meiner Beschneidung war ich 6 Jahre alt. Für mich war es keine traumatische Erinnerung. Aber eine meiner Töchter, sie ist jetzt 22 Jahre alt, sieht die Beschneidung als den schlimmsten Moment ihres Lebens an. Sie klagt mich an, daß ich die Beschneidung zugelassen habe. Obgleich ich gegen die Beschneidung meiner Töchter war, konnte ich sie doch nicht verhindern, da mein Mann und mein Bruder, der Arzt ist, darauf bestanden. Ich glaube, daß Mädchen weiterhin beschnitten werden, da die Familien befürchten, ihre Töchter könnten Verdruß bereiten und die Familie beschämen.

Heirat und Ehe
Mein Mann stammt aus Wadi Halfa (Nordsudan), genau wie ich, aber wir sind nicht verwandt. Ich glaube, Ehen zwischen Verwandten sind nicht gut, medizinisch gesehen. Ich glaube auch, daß es wichtig ist, den Ehepartner vor der Ehe kennenzulernen und zu lieben. Ich muß aber zugeben, daß ich meinen Mann vor der Ehe nicht gekannt habe. Mein Vater und mein Bruder, der Arzt, haben den Ehemann für mich ausgesucht. Mein Vater sagte mir, daß es unmöglich sei in unserer Gesellschaft, daß ich als Mädchen einen Mann vor der Heirat treffen würde. Ich liebte und respektierte meinen Vater sehr und war es zufrieden, daß er für mich einen Mann auswählte. Ich glaube an Astrologie und Schicksal, und ich hatte großes Glück, denn ich führte eine sehr glückliche Ehe. Vereinbarte Ehen sind oft sehr erfolgreich, da die Eltern wissen, welche Partner zu ihren Kindern passen.

Scheidung und Polygamie

Ich bin ganz und gar gegen Polygamie. Ich kenne verschiedene Fälle, in denen Männer eine zweite Frau heiraten. Das bringt sehr großes Unglück und große Unsicherheit für Frauen und Kinder. Ich hätte meinen Mann umgebracht, wenn er eine zweite Frau geheiratet hätte. Aber ich habe immer daran gedacht, mich finanziell abzusichern, nur im Falle eines Falles. Gold und Eigentum ist alles auf meinem Namen, so daß bei einer evtl. Scheidung mir nichts genommen werden konnte. Bei einer Scheidung ist es sehr wichtig, finanziell abgesichert zu sein.

Wenn eine Frau sich wirklich scheiden lassen will, dann ist dies nur möglich, wenn sie sich und ihre Kinder selbst unterhalten kann. Aber in den meisten Fällen können Frauen finanziell nicht zurechtkommen. Deshalb bleiben die Frauen bei ihren Männern, auch wenn sie sehr unglücklich sind.

Witwenschaft

Ich bin seit zwei Jahren Witwe, und das ist kein leichtes Leben in dieser Gesellschaft. Aber ich habe zum Glück keine finanziellen Probleme, und meine Familie unterstützt mich in moralischer Hinsicht. Dennoch, mit den Kindern allein fertig zu werden, das ist schon schwierig.

Wie die Menschen hier Witwen behandeln, das hängt sehr von dem Verhalten der verwitweten Frau selbst ab. Vor nicht allzu langer Zeit wurde einer Witwe nachgesagt, daß sie Unglück bringen würde, und das ergab Schwierigkeiten bei einer Wiederheirat; besonders wenn der Partner sehr jung gestorben war.

Verwandtschaft / Großfamilie

Mit meiner nahen Verwandtschaft, wie meiner Mutter, meinen Schwestern und Brüdern habe ich sehr engen Kontakt, aber nicht mit dem Rest der Familie. Die meisten meiner Verwandten leben sowieso nicht in Khartoum. Die Verwandten meines Mannes sehe ich nur bei wichtigen Familientreffen, z. B. bei Hochzeiten, bei Beerdigungen. Die Verwandten meines Mannes mischen sich auch nicht in mein Leben ein. Ich möchte auch keine nähere Verbindung mit meiner Schwiegermutter. Sie ist schrecklich. Ich hatte immer Angst, daß meine Schwiegermutter einen negativen Einfluß auf meine Ehe ausüben würde; denn sie hat einen anderen Sohn dazu gebracht, sich von seiner jungen Frau zu trennen, nur weil sie das Mädchen nie mochte.

Ich glaube, es ist Sache der Frau, ihr Recht zu fordern und nicht nachzugeben, vor allem gegenüber der Verwandtschaft ihres Mannes.

Was hältst du von traditionellen Feierlichkeiten?

Heutzutage, besonders bei den Städtern der Mittelklasse, übertreibt man diese Feierlichkeiten. Als ich jung war, lebten wir in Wadi Halfa, und traditionelle Feierlichkeiten, z. B. Beerdigungen, dauerten 3 Tage. Es wurde nur ganz einfaches Essen serviert, und das wurde normalerweise von den Nachbarn gebracht. Es wurde auch von den Besuchern erwartet, daß sie nur wenig aßen. Aber heute in Khartoum scheint eine Beerdigung einer Hochzeit zu gleichen. Frauen ziehen ihre modernsten Kleider an, tragen Henna, Gold und Parfüm. Dabei sollten sie einfache Kleidung tragen in weiß oder schwarz. Dieses Benehmen ist sehr falsch, aber einige neureiche Frauen haben viel Geld, und sie wollen ihren Reichtum zeigen.

Frauen und Beruf

Ich habe niemals außerhalb meines Hauses gearbeitet, da ich direkt nach Beendigung meiner Schulzeit geheiratet habe. Aber meine jüngeren Schwestern sind berufstätig gewesen. Ich denke, es ist gut für eine Frau, berufstätig zu sein. Frauen sollten eine finanzielle Sicherheit besitzen, so daß sie unabhängig sind, wenn es notwendig sein sollte; z. B. wenn sich der Mann scheiden läßt, oder er eine zweite Frau heiraten will. Das Geld, das eine Frau verdient, sollte ihr eigenes sein und nicht in den allgemeinen Haushalt gesteckt werden.

Einige Frauen kleiden sich, wenn sie zur Arbeit gehen, als ob sie zu einer Hochzeit gingen; das finde ich unangemessen. Europäische Frauen ziehen sich da zweckmäßiger an. Doch wenn eine Frau beabsichtigt, eine berufliche Karriere zu beginnen, dann sollte sie nicht zu viele Kinder bekommen. Dadurch würde ihr Handlungsspielraum sehr eingeschränkt sein.

Verhalten der Männer den Frauen gegenüber

Die meisten sudanesischen Männer sind noch sehr rückständig in ihrem Verhalten gegenüber Frauen, und das schließt auch die gebildeten Männer ein. Erziehung ist ein wichtigerer Faktor als Bildung. Die Männer nehmen sich selbst das Recht, alles zu tun, was ihnen gefällt.

Männer sind gegen berufstätige Frauen, da sie nicht wollen, daß Frauen unabhängig sind. Es geht nicht um Eifersucht – sudanesische Männer sind zu sehr von sich eingenommen, um auf Frauen eifersüchtig zu sein –, sondern um Kontrolle.

Religion

Ich bin eine sehr fromme Muslimfrau. Aber ich diskutiere oft über die Tatsache, daß es im Islam dem Mann erlaubt ist, mehr als eine Frau zu heiraten. Ich glaube, daß der Koran da von vielen Menschen nicht richtig verstanden wird.

Die meisten Fehler dieser Gesellschaft sind das Ergebnis von schlechten Bräuchen und dem zunehmenden Verlangen, sich zur Schau zu stellen. Das ist gegen die Religion; z. B. sollte eine Frau kein starkes Parfüm in der Öffentlichkeit tragen.

Obgleich im Koran Teufel erwähnt werden, bin ich doch sehr skeptisch in bezug auf den »Zar« und was die Teufel betrifft, die in die Frauen gefahren sein sollen.

RABSHA

Mein Mann ließ sich von mir scheiden, da ich ihm nur eine Tochter geboren habe.

Rabsha – ihr Name bedeutet »dunkel, staubig«, scheint passend, denn sie hat eine sehr dunkle Hautfarbe – gibt ihr Alter mit 50 Jahren an, sieht aber viel älter aus. Sie kommt aus dem Westen des Sudan, aus Kordofan, und sie gehört zum Volk der Rizigat. Die Rizigat sind Nomaden und Halbnomaden.

*Rabsha sagt, daß sie vor 16 Jahren nach Omdurman gekommen sei (Omdurman ist eine der drei Städte, die die Hauptstadt ausmachen, die anderen beiden sind Khartoum und Khartoum-North,). Es könnte stimmen, doch es entspricht wahrscheinlich nicht der Wahrheit, da die größte Anzahl der Vertriebenen aus dem Westsudan während der großen Dürreperiode 1984/85 nach Khartoum flüchteten. Und Rabshas Gründe, Kordofan verlassen zu haben, waren Hunger und Durst.** *

Gemeinsam mit ihrer Tochter und deren vier Kindern wanderte Rabsha nach Omdurman und lebte dort zunächst bei Verwandten. Der Mann ihrer Tochter hat die Familie vor mehreren Jahren verlassen, um in Saudi-Arabien Arbeit zu finden. Aber weder hat die Familie, wie versprochen, von ihm Geld bekommen, noch hat man je wieder etwas von ihm gehört.

Zunächst fand Rabsha Arbeit in einer Erdnuß-Fabrik in Omdurman. Sie reinigte Erdnüsse, bevor sie zu Speiseöl verarbeitet wurden. Sie verdiente monatlich 45 bis 50 sudan. Pfunde (etwa DM 25,–). Zur Zeit betreut Rabsha das Kind einer Khartoumer Mittelklassefamilie und bekommt dafür 100,- sud. Pfund und zusätzlich Verpflegung und Unterkunft. Rabsha ist auch die Ernährerin für ihre Tochter und deren vier Kinder.

---

* Die Regierung versucht eine Rücksiedelung der Vertriebenen in ihre Heimatregionen; ausgenommen ist die Bevölkerung, die schon viele Jahre in der Hauptstadt lebten. Um dieser Rücksiedelung auszuweichen, behaupten viele Vertriebene, daß sie schon viele Jahre in der Hauptstadt leben.

Kindheit

Ich hatte eine sehr schöne Kindheit. Wir waren Nomaden und hatten viele Kamele. Meine Familie wanderte durch das Land, und ich war sehr glücklich. Aber jetzt hat unsere Familie durch die Dürre alle Tiere verloren, und wir haben nichts mehr zum Leben. Deshalb war unsere große Familie gezwungen, Kordofan zu verlassen.

Jetzt leben wir hier am Stadtrand in einem kleinen selbstgebauten Lehmhaus, das jederzeit wieder zerstört werden kann, da uns das Land nicht gehört. Aber hier bekommen wir Hilfe von der Regierung und von ausländischen Hilfsorganisationen. Man gibt uns Milchpulver für die Kinder, Hirse und Medikamente. Das Almosenempfangen deprimiert mich sehr; denn in meiner Kindheit und auch später hatten wir immer genug zu essen und genug Geld. Wir brauchten nie um etwas zu betteln.

Ich habe die »Khalwa« (Koranschule) besucht. Ein »Faki« (religiöser Mann) hat uns Nomadenkinder Islam gelehrt. Meine Tochter wurde auch von einem »Faki« unterrichtet. Meine Enkel besuchen jetzt die staatliche Schule in Omdurman.

Hochzeit und Ehe

Mein Vater hat für mich den Ehemann ausgesucht. Es war ein Vetter aus der Familie meines Vaters. Ich kannte meinen Mann vor der Ehe, denn wir sind zusammen aufgewachsen. Mein Ehemann war ein guter Mann, denn mein Vater hat ihn für mich ausgewählt, und mein Vater wußte, was gut für mich war. Ich mochte meinen Mann, obgleich er sich von mir scheiden ließ, da ich nur eine Tochter geboren habe. Er brauchte einen Sohn, deshalb hat er eine andere Frau geheiratet. Aber er ist dann bald darauf gestorben.

Ich glaube, es ist am besten, einen Verwandten zu heiraten; denn ein blutsverwandter Ehemann muß sich in acht nehmen. Er wird von der ganzen Familie beobachtet. Und wenn ein Fremder ein Mädchen heiratet, dann nimmt er die Braut von ihrer Familie fort, und das ist nicht gut. Das Mädchen wird sich sehr einsam unter fremden Menschen vorkommen, und es hat keinen Schutz durch die Familie.

In unserem Stamm heiraten wir sehr jung. Daher ist es sehr gut, wenn wir bei unserer Mutter bleiben können, nachdem wir verheiratet sind. Mein Vater hat den richtigen Mann für mich ausgesucht. Ich war noch sehr jung, denn ich habe noch nicht menstruiert. Auch meine Tochter hat sehr jung geheiratet, sie hatte noch nicht einmal Brüste, als ihr erstes Kind geboren wurde. Sie hat mir immer das Baby gegeben und ist dann zu den anderen Kindern gelaufen, um mit ihnen zu spielen. Ich glaube, meine Tochter war etwa 9 oder 10 Jahre alt, als sie heiratete, und ich war wohl auch ungefähr so alt.

Scheidung

Wie ich schon sagte, mein Mann hat sich von mir scheiden lassen, da ich nur eine Tochter geboren habe. Er hat eine andere Frau geheiratet, nachdem er sich von mir getrennt hat. Scheidung ist ganz normal, und man braucht sich deshalb nicht zu schämen. Oft heiratet eine geschiedene Frau wieder.

Ich finde es ganz natürlich, daß mein Mann sich einen Sohn wünschte, und da ich keine Kinder mehr bekam, mußte er eine andere Frau heiraten. Geschiedene haben eine ganz normale Stellung in unserer Gesellschaft. Nach drei Monaten, um sicher zu gehen, daß sie nicht schwanger ist, bekommt eine geschiedene Frau oft einen Heiratsantrag, und sie kann wieder heiraten, wenn sie es will.

Erzähle etwas über eure traditionellen Feiern

Beginnen wir mit der Geburt. Bei der Geburt ihres Kindes geht eine Frau normalerweise zu ihrer Mutter, und dort bleibt sie drei Monate nach der Geburt, bis der Ehemann sie wieder abholt.

Mädchen werden bei uns sehr jung verlobt, oft als kleine Kinder. Aber sie bleiben dann bei ihren Eltern, bis sie heiraten, und das ist normalerweise kurz bevor oder gleich nach der Pubertät. In unserem Stamm ist die Keuschheit sehr wichtig, und daher werden die Mädchen sehr jung verheiratet.

Hochzeit ist die größte Feier in unserem Stamm. Der Bräutigam gibt eine Party, ein Bulle wird getötet, und Schafe werden geschlachtet. Die Braut bleibt bei ihren Eltern, bis der Bräutigam alle Haushaltsgegenstände zusammen hat, und das nimmt oft drei Monate oder länger in Anspruch. Danach gründet das junge Paar einen eigenen Haushalt. Es wohnt dann in einem Zelt oder in einer Hütte.

Die Beschneidung ist auch eine große und wichtige Feier, für Jungen und für Mädchen. Ein Schaf oder sogar ein Bulle wird geschlachtet, und alle Verwandten und Nachbarn werden zu einem großen Fest eingeladen.

Der Tod macht die Menschen traurig, aber er ist etwas Natürliches. Die Leute meines Stammes trauern sieben Tage lang.

Wie verhalten sich Männer gegenüber Frauen?
Alte Frauen werden von Männern und Frauen sehr respektiert. Der Schwiegersohn darf seiner Schwiegermutter nicht ins Gesicht sehen. Ein Jahr lang essen sie nicht gemeinsam. Frauen und Männer respektieren sich gegenseitig und versuchen sich zu verstehen. Männer möchten, daß die Frauen arbeiten, und sie erwarten es auch. Die Arbeit wird von Männern und Frauen gemeinsam gemacht. Respekt und gemeinsame Arbeit beiderseits ist ganz normal bei meinen Leuten.

Kinder
In meiner Gesellschaft wünscht man sich Jungen mehr als Mädchen, denn wir lieben unsere Jungen mehr. Wenn man einen Jungen gebiert, dann freut sich jeder.

Ich wünsche für Kinder, d. h. für meine Enkel, eine bessere Zukunft, ein besseres Leben, als wir es heute haben. Gesundheit ist das Wichtigste, Bildung ist nicht so wichtig. Jungen und Mädchen müssen verschieden erzogen werden, denn sie werden später unterschiedliche Arbeit leisten. Meine Enkel gehen alle zur Schule, die drei Mädchen und der Junge; denn meine Tochter denkt, daß es das Beste für die Kinder ist, wenn sie eine gute Bildung haben. Aber wenn es um Weiterbildung geht, dann wird es der Junge sein, der weiter zur Schule geht, denn er braucht eine Arbeit, damit er sich später um seine Mutter kümmern kann.

Verwandtschaft
Mit meinen Verwandten habe ich einen sehr engen Kontakt, besonders mit denen, die heute in Omdurman leben. Wir helfen uns immer gegenseitig, aber jede Familie wohnt in einem eigenen Haus. Bei uns ist es Sitte, daß die Eltern bei ihrem Sohn und seiner Familie leben, aber sonst lebt jeder für sich.

Wie denkst du über Gold und Geld?
Beides – Gold und Geld – sind sehr wichtig; denn ohne hungert man. In unserem Stamm tragen die Frauen selten Gold. Zur Hochzeit bekommt die Braut einen Ehering, eine Kette und eine Uhr. Unser Schmuck besteht eher aus Silber und nicht aus Gold wie bei den Städtern.

Glaubst du an den »Bösen Blick« und »Zar«?
Ich glaube weder an den »Zar« noch an den »Bösen Blick«. Ich bin Muslimin. (Das hält Rabsha jedoch nicht davon ab, einen »hijab« zu tragen, ein kleines Lederkästchen, das einen handgeschriebenen Korantext enthält, und das sie vor dem »Bösen Blick« beschützen soll.)

Religion und die Stellung der Frau
Hier im Sudan werden die Frauen nach islamischen Regeln behandelt, und das ist gut so. Wenn die Frau verheiratet ist, muß sich ihr Mann um sie kümmern, und wenn sie ledig ist, dann ist es die Pflicht der männlichen Verwandten, sich um sie zu kümmern. Die Frau muß die richtige und genügend Kleidung besitzen und alles bekommen, was sie wünscht. Wenn eine Frau nach den Regeln des Islam gekleidet und ernährt wird, dann geht es ihr gut, und sie sollte zufrieden sein.

KHADIDJA

Als ich schwanger war, schickte mein Mann mich zu meiner Familie und heiratete das Dienstmädchen.

Khadidja ist Witwe, etwa 40 Jahre alt; kleingewachsen, hübsch und überraschend heiter. Sie ist von den Beni Amer, einem Nomadenstamm aus dem Ostsudan. Khadidja wurde in der Tokar-Gegend geboren. Sie hat vier Töchter und zwei kleine Söhne. Sie arbeitet als Putzfrau und Botin in Khartoum.

Kindheit

Mein Vater war Halbnomade, d. h. er besaß Kamele, aber er arbeitete auch in den Feldern. Wir lebten von den Ackerböden, die durch den jährlichen Regen bewässert wurden, und durch den Verkauf unserer Kamele. Die Frauen unseres Stammes arbeiten nicht außerhalb des Hauses, ausgenommen in der Erntezeit. Normalerweise bauen wir Baumwolle und Hirse an. Unsere Häuser werden aus Strohmatten gebaut. Ich hatte 5 Brüder und 4 Schwestern. Fast alle sind gestorben, nur zwei leben noch. Auch meine Eltern sind tot.

Ich mußte meiner Mutter schon sehr früh im Haushalt helfen. Bei unserem Stamm hält man nichts von einem Schulbesuch für Mädchen, zumindest nicht, als ich noch ein Kind war. Aber ich glaube, daß sich auch heute wenig geändert hat. Ich bin schon sehr ärgerlich darüber, daß ich weder lesen noch schreiben kann; denn das hätte mir heute sehr geholfen, eine bessere Arbeit zu finden.

Ehe und Polygamie

Wir Beni Amer heiraten eigentlich nur Leute aus unserem Stamm, d. h. Verwandte. Aber als ich ungefähr 18 Jahre alt war, hat mein Bruder mich einem Freund zur Frau gegeben. Mein Mann war Soldat, wie mein Bruder. Als ich das erste Mal schwanger wurde, war ich sehr krank, und mein Mann stellte ein junges Mädchen ein, das mir helfen sollte. Aber dann schickte er mich zu meiner Familie zur »Luftveränderung«, und als ich fort war, heiratete er das Dienstmädchen.

Ich glaube, daß viele meiner Probleme daher kommen, daß ich einen Mann geheiratet habe, der nicht mit mir verwandt war.

Vor etwa 20 Jahren begann mein Mann als Gefängniswärter zu arbeiten. Wir zogen nach Khartoum-Nord und lebten in einer Dienstwohnung. Kurz darauf heiratete mein Mann eine Kusine, seine dritte Frau. Wir lebten alle zusammen in einem Haus: drei Frauen und alle 22 Kinder.

Es gab sehr viel Zank und Streit zwischen den Kindern, besonders zwischen meinen Töchtern und den Söhnen der zweiten Frau. Diese Jungen wollten ihre älteren Halbschwestern kontrollieren und bevormunden, und die Mädchen wollten das nicht akzeptieren. Besonders schwierig war meine älteste Tochter, sie arbeitet jetzt als Gefängniswärterin. Sie hat immer mit den Jungen gekämpft.

Solange mein Mann lebte, hatte er alles irgendwie unter Kontrolle. Ich glaube, die Frauen kommen normalerweise gut miteinander aus, wenn es nicht den ewigen Ärger zwischen den Kindern gäbe. Aber als mein Mann dann starb, begann der Ärger erst richtig, denn seine dritte Frau hat den größten Teil seiner Rente für sich in Anspruch genommen. Sie wurde von ihren Brüdern unterstützt, die nach ihren Rechten sahen. Ich hatte niemanden, der mir helfen konnte, und auch die zweite Frau war hilflos. Ich bin sehr enttäuscht und ärgerlich über diese ganze Situation, denn sie ist nicht gerecht. Alle drei Frauen sollten den gleichen Teil der Rente bekommen.

Es ist eigentlich immer so, wenn ein Mann mehr als eine Frau heiratet, gibt es immer großes Leid.

Witwenschaft

Nachdem mein Mann starb, wurde der Streit zwischen den Kindern noch größer. Die Söhne der zweiten Frau schlugen meine Töchter, und zwar so hart, daß heute eine meiner Töchter taub ist. Diese Jungen wollten meine Töchter völlig unter Kontrolle halten. Am Ende wurde die Situation so schlimm, daß ich mit meinen Kindern auszog. Wir haben uns gemeinsam ein kleines Lehmhaus in Umbedda (Stadtrand von Omdurman) gebaut. Doch wir haben

Probleme mit dem Haus. Es ist nicht gut gebaut. Es regnet durch und wir haben auf Land gebaut, das nicht eingetragen ist.

Irgendwann wird die Regierung kommen und unser Haus zerstören, und wir müssen dann weiterziehen. Aber wohin sollen wir gehen? Wir können auch unser Haus nicht abschließen, und letzte Woche, als ich zur Arbeit gegangen war und die Kinder in der Schule waren, kamen Diebe und stahlen meine beiden neuen Bettlaken. Das war alles, was ich an Wertsachen hatte.

Verhalten der Männer Frauen gegenüber

Mein Mann war wie die meisten Männer; er machte was er wollte. Er machte mich sehr unglücklich, als er andere Frauen heiratete, obgleich er alle seine Frauen gleich behandelte. Er kaufte z. B. nie ein neues Kleid für nur eine Frau, sondern wir bekamen alle ein neues Kleid. Aber bei uns, in meinem Stamm, ist es anders. Wenn ein Mann eine zweite oder dritte Frau heiratet, dann muß jede Frau ihr eigenes Haus bekommen. Es ist unmöglich, daß alle Frauen in einem Haus zusammen leben. Der Mann würde sein Gesicht verlieren.

Scheidung

Heute wünschte ich, daß ich mich hätte scheiden lassen, als er die zweite Frau heiratete. Aber zu der Zeit war ich sehr jung und schwanger. In meinem Stamm wäre es gut möglich gewesen, wieder zu heiraten, wenn die Frau schuldlos an der Scheidung ist. Ich habe nicht um eine Scheidung gebeten, da ich nicht das Recht hatte. Heute würde ich es tun.

Mit den anderen Frauen meines Mannes habe ich heute keinen Kontakt mehr. Auch meine Kinder wollen ihre Halbgeschwister nicht mehr sehen.

Berufstätige Frauen

Vor dem Tod meines Mannes habe ich nie außerhalb des Hauses gearbeitet. Aber als er starb und seine dritte Frau den größten Teil seiner Rente für sich in Anspruch nahm, mußte ich mir Arbeit suchen, denn meine Kinder und ich hatten nicht genug Geld zum Leben.

Zuerst arbeitete ich als Tellerwäscherin in einem Restaurant für LS 50,–[1] (etwa DM 25,–) im Monat. Jetzt arbeite ich als Botin und Putzfrau an diesem Institut, aber ich habe keine Sicherheit, denn ich bin angestellt als Tagelöhnerin. Man kann mir jeden Tag kündigen. Aber die Frauen, die hier in den Büros arbeiten, sind sehr nett und helfen mir oft mit Geld und Kleidung für meine Kinder[2]. Ich verdiene jetzt LS 100,– monatlich (ca. DM 50,–). Aber die Hälfte meines Gehalts muß ich für Transport ausgeben. Ich wohne sehr weit draußen am Stadtrand, und ich muß zweimal den Bus wechseln und eine lange Strecke zu Fuß gehen. Eine meiner Töchter arbeitet als Gefängniswärterin. Sie verdient LS 120,– im Monat (ca. DM 60,–). Aber auch sie hat hohe Transportkosten von Umbedda bis in die Stadt. Eine Tochter ist verheiratet. Damit bin ich ein Problem los. Meine beiden jüngsten Töchter und die beiden Jungen gehen noch zur Schule.

Unser Haus hat uns LS 300,– gekostet. Das war für Baumaterial. Die Arbeit wurde von mir und meinen beiden ältesten Töchtern gemacht. Wir haben das Haus allein gebaut, meine beiden Söhne sind noch zu klein, sie konnten nicht helfen.

Meine finanziellen Probleme sind sehr groß. Wir können uns nur eine Mahlzeit am Tage leisten. Ich versuche für die Kinder manchmal etwas Milch zu bekommen. Aber Milch ist sehr teuer. Vielleicht können wir uns bald eine Ziege leisten, dann haben wir unsere eigene Milch.

Kinder

Meine älteste Tochter hat den Mittelschulabschluß. Wie ich sagte, arbeitet sie nun im Gefängnis als Wärterin. Ich möchte, daß alle meine Kinder die Schule beenden. Aber am liebsten möchte ich wieder nach Hause zu meinen Leuten, zu meinem Stamm. Doch meine Kinder weigern sich, mit mir zu kommen. Sie kennen meine

1 Umrechnungskurs 1987/88: etwa DM 1,– = LS 2.00)

2 Die Männer halten nicht viel von der Einstellung von Frauen als Botin, da die Frauen Analphabeten sind und sie als Botin daher nur begrenzt eingesetzt werden können. Vor einigen Jahren war es nicht üblich, in Khartoum Frauen als Boten einzustellen, obgleich in Westsudan dies seit langem mit gutem Erfolg gehandhabt wird.

Leute nur von unregelmäßigen Besuchen, und seit dem Tod meines Mannes haben wir nicht genug Geld gehabt, um meine Leute im Ostsudan zu besuchen. Meiner Kinder wegen bleibe ich hier und arbeite, damit wir nicht zu betteln brauchen und sie zur Schule gehen können und stolz ihren Kopf hochhalten können.

Weibliche Beschneidung
In meinem Stamm werden die Kinder mit 5 Monaten beschnitten, so daß sie den Schmerz nicht so sehr fühlen. Ich persönlich finde weibliche Beschneidung nicht gut, aber ich mußte meine Mädchen beschneiden lassen, da sie sonst beschimpft werden.

Religion und der »Böse Blick«
Ich bin Muslimin und ich glaube an den »Bösen Blick«. Besonders die Leute aus dem Westen sind Teufel, und man muß sich vor ihnen schützen und dafür tragen ich und meine Kinder einen »hajib«.

LEILA

Freiheit ist ein Wort, das sich nur auf Männer bezieht.

Leila ist eine sehr dunkelhäutige, schlanke Frau, voller Energie. Sie ist nicht sehr hübsch, doch strahlt sie eine innere Wärme aus, die sie sehr anziehend macht. Leilas Eltern kommen aus Süd-Kordofan (Westsudan). Ihre Mutter hat niemals eine Schule besucht, der Vater hat die Grundschule beendet. Sie ist Mitte dreißig, verheiratet und hat vier Kinder; außerdem arbeitet sie als Sekretärin im Öffentlichen Dienst.

Leila wurde zwar in Kordofan geboren, doch sie ist in Omdurman aufgewachsen, da die Familie vor vielen Jahren in die Hauptstadt gezogen ist (Omdurman ist ein Teil der Drei-Städte, die die Hauptstadt von Sudan ausmachen).

Kindheit

Ich habe sieben Brüder und drei Schwestern im Alter zwischen 22 und 44 Jahren. Wir sind die Kinder meiner Mutter. Die zweite Frau meines Vaters hatte 15 Kinder. Das Verhältnis zwischen meiner Mutter und der anderen Frau war während unserer Kindheit sehr schlecht, voller Probleme, wie es bei sudanesischen Familien üblich ist, die so leben. Und diese Art des Lebens beeinflußt das Verhältnis zwischen den Kindern ebenfalls. Doch nachdem wir dann erwachsen wurden, haben wir versucht, die Probleme auszuräumen, und nun sind wir und die Kinder unserer zweiten Mutter ganz friedlich miteinander.

Ich war sehr traurig, als mein Vater starb, denn alle meine Kindheitserinnerungen sind verbunden mit ihm. Ich hatte ein sehr gutes Verhältnis zu meinem Vater. Aber etwa in der Zeit, in der ich die Oberschule beendete, trennten meine erwachsenen Brüder unsere Mutter und ihre Kinder von unserem Vater, da das Leben mit ihm, seiner zweiten Frau und ihren Kindern zu schwierig wurde, und zwar wirtschaftlich und sozial. Meine Brüder haben sich dann um unsere Mutter und ihre Kinder gekümmert.

Weibliche Beschneidung

Wenn es eine Sache gibt, an die ich mich ganz klar erinnern kann, dann ist es meine Beschneidung. Ich werde die Frau nie vergessen, die mich ganz festhielt und die andere, die mit ihrem Rasiermesser kam und mich ohne Gnade beschnitt, und der ich ein hartes Leben voller Schmerz verdanke. Nebenbei bemerkt ist das eine lange Geschichte und das erste und größte Problem in allen sudanesischen Familien, die ihre Töchter – wie es mir passierte – pharaonisch beschneiden lassen. Meine Töchter werden, wenn sich das Beschneiden nicht vermeiden läßt, nur Sunna beschnitten.

Ehe

Mein Vater hat meinen Mann für mich ausgewählt. Mein Mann ist mit mir verwandt. Ich glaube, wenn der Ehemann der Wahl des Vaters und der Tochter entspricht, dann gibt es keine Probleme. Aber wenn der Vater den Ehemann auswählt, und die Tochter ist nicht einverstanden, wird es nicht gut enden. Ist die Tochter dann noch gebildet, dann wird es in Scheidung enden.

Scheidung und Polygamie

Was mich betrifft, so werde ich meinen Mann mit einer anderen Frau nie teilen können, und es wird nie geschehen, denn er müßte sich dann von mir scheiden lassen. Nach dem, was ich als Kind durchgemacht habe mit den Problemen zwischen meiner Mutter und meinem Vater, könnte ich so ein Leben nicht ertragen.

Verhalten der Männer gegenüber Frauen

Obgleich mein Mann gebildet ist, so sind sudanesische Männer doch immer gleich. Wenn man ein Mann ist, dann hat man Glück, denn man ist frei. Aber als Frau ist man abhängig, ein Leben lang. Freiheit ist ein Wort, das sich nur auf Männer bezieht, wirklich nur auf Männer. Und diese gesellschaftliche Stellung ist mit dem Tag der Geburt festgelegt. Auch nach der Eheschließung sind sogar gebildete Männer davon überzeugt, daß Frauen dazu da sind, sie zu bedienen und alles zu tun, was sie verlangen.

Die Frau hat kein Recht zu protestieren. Und wenn ich meine Stellungnahme in bezug auf Männer darlegen kann, dann behaupte ich, daß sich die Männer absolut unfair den Frauen gegenüber verhalten. Und ich gehe noch weiter, indem ich behaupte, daß jede sudanesische Frau dasselbe von ihrem Vater, ihren Brüdern, ihren Onkeln, Söhnen und ihrem lieben Ehemann sagt.

Gleiche Rechte für Frauen wären das ideale System, das Frauen an der Entwicklung des Landes teilnehmen ließe. Und das würde den Frauen das Gefühl geben, nicht weniger wichtig zu sein als Männer. Ich glaube, in bezug auf Arbeit im Öffentlichen Dienst und Möglichkeiten in der Ausbildung haben Frauen und Männer gleiche Rechte. Aber in bezug auf Scheidung und Stellung in der Gesellschaft benötigen wir Frauen noch viel mehr Rechte und Freiheit. Damit meine ich nicht die Freiheiten der westlichen Welt, denn die haben Nachteile. Ich war in den Vereinigten Staaten von Amerika und habe beobachtet, daß absolute Freiheit schlechtes Benehmen hervorbringt.

Kinder

Wenn es nur einen Weg für Glück und Freude in diesem Leben gibt, dann sind es die Kinder. Ich habe drei wunderbare Mädchen und einen Jungen, den ich so erziehe, daß er die Fehler, denen ich begegnet bin, nicht macht. Ich erziehe meine Kinder so, daß sie gleiche Rechte und Pflichten haben. Zunächst bezieht sich das auf unser Familienleben, und ich hoffe, daß es im späteren Leben so bleibt. Ich glaube, das ist das Beste, was ich meinen Kindern für ihr späteres Leben mitgeben kann.

Verwandtschaft

Verwandte sind ein großes Problem in unserem Leben im Sudan, denn sie können dein Leben bestimmen, ob du es nun willst oder nicht. Sie können das Leben wirtschaftlich und gesellschaftlich beeinflussen. Einer Frau ist nicht erlaubt etwas zu sagen, obgleich sie alles ertragen muß. Der einzige Vorteil der Großfamilie ist, daß man manchmal, wenn man in Not ist, Hilfe bekommt. Dies bezieht sich besonders auf die direkten Blutsverwandten. Das heißt aber nicht, daß ich die westliche Kleinfamilie ideal finde. Etwas zwischen der Groß- und Kleinfamilie wäre das Beste.

Geld und Gold

Ohne Zweifel, Geld ist für alle finanziellen Angelegenheiten im Leben sehr wichtig, besonders für Frauen im Fall von Scheidung oder Tod des Ehemannes. Denn wenn eine Frau nichts auf ihren Namen überschrieben hat, dann kann sie alles verlieren, besonders wenn ihr Mann viele Verwandte hat. Sie werden beim Tod des Ehemannes alles unter sich verteilen.

Ich habe kein Verhältnis zu Gold, aber ich habe nichts gegen den Besitz; denn bei Problemen kann es sehr nützlich sein.

Religion

Ich bin Muslimin. Der Islam gibt den Frauen eine besondere Stellung, d. h. Frauen sind nicht wie Männer, und Männer müssen die Frauen beschützen, da sie schwach sind. Ich denke, physisch ist das richtig, aber ich glaube, daß Männer den Islam entsprechend ihren eigenen Interessen interpretiert haben, um Frauen zu versklaven und das in Verbindung mit dem Islam zu setzen. Der Islam räumt den Frauen volle Freiheit ein; sie können alles tun und lassen, was sie möchten, aber sie müssen Ehrlichkeit und Reinheit (Keuschheit) allen ihren Handlungen zugrunde legen.

Der »Böse Blick« und »Zar«

Ich glaube nicht an den »Bösen Blick« und den »Zar« und ähnliches. Alle diese Dinge sind das Ergebnis psychologischer Krankheiten der Frauen, für die die Männer den Grund liefern.

SONYA

Weibliche Beschneidung ist ein Unglück für die Gesellschaft

Sonya ist 27 Jahre alt, sehr schön und hochintelligent. Sie ist seit einigen Jahren verheiratet und hat zwei kleine Töchter. Sonya stammt aus einer Mischehe, d. h. ihr Vater ist Sudanese und ihre Mutter Engländerin. Beide Eltern sind Akademiker. Sonyas sudanesischer Ehemann ist ein wohlhabender Geschäftsmann, und sie können sich Hilfe im Haushalt und für die Kinder leisten.

Sonya wurde zwar in London geboren, doch die ersten 14 Jahre ihres Lebens verbrachte sie im Sudan. Als ihre Mutter sich scheiden ließ, folgte sie ihr nach England und beendete dort ihre Ausbildung. Sonya wird demnächst in Soziologie promovieren. Sie lebt mit ihrer Familie im Winter in Khartoum und im Sommer in London.

Kindheit

Meine Kindheit war nicht sehr sudanesisch, wenn man sie mit anderen aus ähnlichen sozialen Verhältnissen vergleicht. In unserer Kleinfamilie wurde nur Englisch gesprochen. Ich sprach vor meinem 12. Lebensjahr nicht Arabisch, obgleich die Verwandten meines Vaters ständig in unserem Haus lebten. Das engste Verhältnis hatte ich mit meiner Mutter, die alles versuchte, um mit den Verwandten meines Vaters zurechtzukommen. Ich klage meinen Vater an, daß es zur Scheidung meiner Eltern kam. Es ist keine Frage des Verhaltens – mein Vater war liberal und modern, und er hat sich nicht eingemischt – aber meine Mutter war mir und meiner Schwester näher.

Zwei Schwestern meines Vaters und ihre Familien lebten jahrelang bei uns. Wir hatten kein Privatleben und haben es sehr vermißt. Unsere Kusinen waren älter als meine Schwester und ich, und sie hatten einen sehr starken Einfluß auf meine Schwester, die demzufolge »sudanesischer« als ich wurde. Die Ehe meiner Eltern scheiterte aufgrund der Anwesenheit der vielen Verwandten in unserem Haus, obgleich meine Mutter sehr tolerant und entschlossen war, mit den Verwandten meines Vaters zurechtzukommen.

Verwandtschaft / Großfamilie

Weder mein Mann noch ich können das Großfamiliensystem im Sudan ausstehen. Ich kenne viele sudanesische Frauen, die in Großfamilien aufgewachsen sind. Auch sie können nicht damit zurechtkommen. Zum Beispiel, meine sudanesische Großmutter haßte es, wenn unerwartet Besucher ankamen. Mein Vater konnte Besucher nicht ausstehen, die sich nicht angemeldet hatten, und er beschwerte sich dann immer bei meiner Mutter darüber.

Ich kann mich sehr gut an verschiedene Vorfälle dieser Art erinnern. Die Großfamilie respektiert weder die persönliche Psyche noch das Privatleben. Obgleich meine Mutter immer ein gutes Verhältnis zu den Verwandten meines Vaters aufrechthielt, haben sie doch das Verhältnis zwischen meinen Eltern untergraben. Mein Vater wollte seinen Verwandten nie etwas sagen. Einmal kam jemand mit Tuberkulose und blieb bei uns. Meine Mutter hat sich darüber sehr aufgeregt.

Der Einfluß des Großfamiliensystems auf Kinder ist folgendermaßen: Eltern und Kinder sind sich nicht so nah wie in Kleinfamilien. Sie sind loyal zueinander, aber weniger vertrauensvoll. Es gibt hier keine Fragen, was Pflichten betrifft, z. B. die Eltern im Alter zu versorgen. Die Kinder bleiben ihr ganzes Leben der Familie eng verbunden, sie rebellieren kaum wie in Europa üblich. Die Atmosphäre ist sehr klaustrophobisch. Die wichtigste Forderung ist Anpassung. Man kann niemals ausbrechen, niemals gegen das System sein – auch wenn man gerne möchte.

Ehe

Mein Mann und ich stimmen in den meisten Dingen überein. Er hat auch lange im Ausland gelebt und teilt meine Abneigung gegen viele sudanesische Bräuche. Ich glaube, deshalb hat er mich geheiratet. Wir haben eigentlich keine Probleme miteinander. Aber ich war mir bis zu meiner Hochzeit nicht bewußt, wie wichtig Verwandte im Sudan sind. Wenn man mit ihnen zusammen ist, dann muß man vorgeben, so zu denken und sich so zu benehmen, wie sie es tun. Aber ich glaube, ich bin gut im Rollenspiel, zumindest für einige Stunden in der Woche. Sie mischen sich zwar nicht in unser Leben ein, aber ich könnte niemals, niemals mit ihnen leben, wie so viele sudanesische Paare. Es wird einfach davon ausgegangen, daß ein junges Paar die ersten Jahre im Hause der Schwiegereltern lebt, und wenn die junge Frau ein Kind bekommt, dann geht sie zurück zu ihrer Mutter und bleibt dort mehrere Monate, auch wenn sie schon aus dem Elternhaus ausgezogen ist. Ich weiß nicht, wie sie das machen. Hier in dieser Gesdellschaft kann man nie argumentieren oder sich streiten über einen Unterschied im Denken. Man muß sich zurückhalten und schweigen.

Obgleich mir vieles zuwider ist, so komme ich doch immer wieder in den Sudan zurück. Ich bin hier nicht zur Schule gegangen – meine Mutter hat uns selbst unterrichtet – und ich habe hier nicht studiert, und wollte es auch niemals, aber ich komme immer wieder zurück, wann immer sich eine Möglichkeit bietet. Manchmal machen die Sudanesen schlechte Witze über »Mischlinge«, aber ich vermute, daß sie es nicht so meinen. Ich habe das Gefühl, daß ich hier akzeptiert werde. Zum Beispiel hätte die Familie meines Mannes es bestimmt lieber gesehen, wenn er eine Frau aus der Verwandtschaft geheiratet hätte. Aber sie haben mich akzeptiert. Wahrscheinlich, weil ich hellhäutig bin. Es gibt eine Menge Rassismus im Sudan, obgleich sie selbst es nicht als so etwas bezeichnen.

Scheidung und Status der Frau

Ich kenne soviele Frauen, die sehr leiden mußten aufgrund der hiesigen Scheidungsgesetze. Ich habe eine Freundin, sie ist gebildet, aber sie konnte keine Kinder bekommen. Ihr Mann hat sich eine zweite Frau genommen, und nun hat er drei Kinder. Aber er weigert sich, sich von seiner ersten Frau scheiden zu lassen. Eine andere Freundin, so alt wie ich, ist geschieden mit einem Kind. Ihr Mann hat wieder geheiratet, aber er warnt seine geschiedene Frau vor einer zweiten Ehe, dann würde er ihr das Kind nehmen. Männer haben alle Rechte. Ein Mann kann wieder heiraten, er kann die Kinder nehmen. Das Gericht ist immer auf der Seite des Mannes. Nehmen wir jetzt einmal die Erbschaft. Wieder eine Freundin von mir, ihr Mann wurde bei einem Autounfall getötet. Die Frau hat Anrecht auf 1/8 seines Vermögens, ihre zweijährige Tochter bekommt 1/4, und der Rest geht an die Brüder des Mannes, da meine Freundin keinen Sohn hat. Die Brüder haben Gewalt über das Geld und somit über sie. Sie kann nicht leben ohne ihre Hilfe. Die Brüder haben ihr gesagt, falls sie wieder heiraten würde, käme die Tochter zur Familie des Vaters; denn dort gehöre sie hin. Kinder werden wie Eigentum behandelt. Das System ist so entworfen, um die Frauen in untergeordneter Stellung zu halten.

Weibliche Beschneidung

Ich glaube, Männer wollen eigentlich keine beschnittenen Frauen heiraten, besonders die gebildeten Männer. Ich kenne einen Mann, dem ist es egal, wen er heiratet, solange das Mädchen nicht beschnitten ist. Den Männern ist es nicht bewußt. Sie wissen gar nicht, was da vor sich geht. In dieser Gesellschaft sind die Geschlechter so getrennt, sie wissen zu wenig voneinander. Ich weiß, Feministinnen denken, daß die Beschneidung Teil der männlichen Dominanz über Frauen ist, mit der Frauen unterdrückt werden. Aber ich glaube, es sind die Frauen selbst, die die weibliche Beschneidung fortbestehen lassen. Sie ist ein Unglück für die sudanesische Gesellschaft.

FATMA

Weibliche Beschneidung ist unrecht, Gott hat uns nicht geschaffen, damit wir sein Werk zerstören.

Fatma ist eine große schlanke, etwa 40jährige Witwe. Ihr dunkelhäutiges Gesicht sieht sehr müde aus. Man sieht ihr an, daß sie ein hartes Leben führt. Sie wohnt mit ihren 5 Kindern am Stadtrand von Khartoum. Sie verdient ihr Geld durch Herstellung und Verkauf von »kisra« (Hirsefladen).

Kindheit

Ich wurde in der Nähe von Babanousa in Südkordofan geboren, im südwestlichen Teil des Sudan. Ich gehöre zu den »Mesaria«, einer großen ethnischen Gruppe, die als Halbnomaden den südwestlichen Teil des Sudan bewohnen. Vater und Mutter arbeiteten als Bauern. Sie arbeiteten beide jeden Tag von morgens 6 Uhr bis mittags 12 Uhr im Feld und am Nachmittag von 3 Uhr bis Sonnenuntergang. Meine Eltern hatten vier Söhne und vier Töchter, aber keines der Kinder besuchte die Schule.

Mit 15 Jahren wurde ich an einen Verwandten, der ebenfalls Bauer war, verheiratet. Nach einigen Jahren zog wir nach Khartoum, und dort nahm mein Mann eine Stellung als Wächter an. Wir hofften auf ein besseres Leben in der Hauptstadt. Unglücklicherweise starb mein Mann vor einiger Zeit. Ich bin nun für meine 5 Kinder alleiniger Ernährer.

Heirat und Ehe

Der wichtigste Tag in meinem Leben war meine Hochzeit. Ich war sehr aufgeregt, denn ich kannte meinen zukünftigen Mann nicht. Meine Eltern haben den Mann für mich ausgesucht. Durch Nachbarn erfuhr ich zuerst, daß ich verheiratet werden sollte. Später kam mein Vater zu mir und sagte mir, daß ich verlobt sei mit diesem Mann, einem Verwandten. Mein Vater sagte mir außerdem, daß die Hochzeit in einem Jahr stattfinden würde. Vor meiner Hochzeit habe ich meinen Mann schon in einer Gruppe gesehen, aber ich wußte nicht, welcher der Männer es war, den ich heiraten sollte.

Ich denke schon, daß meine Eltern das Richtige getan haben, als sie mir einen Mann aus unserer Familie aussuchten, denn so kannten sie seinen Hintergrund und sein Benehmen. Ich glaube nicht an Liebesheiraten. Es ist sicherer für das Mädchen, wenn die älteren Leute den Partner aussuchen. Und was passiert bei einer Liebesheirat, wenn die Liebe verschwindet? Dann ist die Ehe wertlos.

Scheidung und Polygamie

Ich glaube nicht, daß es gut ist, wenn ein Mann mehrere Frauen heiratet; denn das wird die Familie in jeder Hinsicht durcheinanderbringen und zerstören.

Eine geschiedene Frau wird von der Gesellschaft geachtet, wenn sie sich selbst achtet und ihren Lebensstil den Normen und Regeln der Gesellschaft anpaßt. Das gleiche gilt auch für Witwen.

Verhalten der Männer gegenüber Frauen

Ich denke, daß die meisten Männer Frauen respektieren, weil es Frauen sind und sie selbst Männer. Was die Freiheit anbelangt, so sollten Männer mehr Freiheit haben als Frauen, und zwar aus dem einfachen Grunde: es sind Männer! Wenn Frauen die gleichen Freiheiten hätten wie Männer, so würde dies viele Probleme hervorrufen, und das sollte nicht geschehen.

Berufstätige Frauen

Wenn Frauen jemanden haben, der sie und ihre Kinder unterstützt, dann sollten sie zu Hause bleiben und dort ihre Arbeit verrichten. Auch ein Mann zieht es vor, wenn seine Frau zu Hause bleibt. Aber wenn natürlich eine Frau von niemandem unterstützt wird, dann muß sie zwangsläufig arbeiten, um ihre Kinder zu ernähren. Und leider muß ich das jetzt auch. Solange mein Mann lebte, versorgte er uns, und das war für mich viel einfacher.

Kinder und Ausbildung

Ich versorge meine fünf Kinder so gut ich kann. Ich arbeite sehr hart, frühmorgens bereite ich »kisra« (Hirsefladenbrot) vor, um es dann ab Mittag auf dem Markt zu verkaufen. Ich erwarte von meinen Kindern, daß sie mich versorgen, wenn ich alt bin. Und ich werde in dem Haus meiner Kinder leben bis ich sterbe.

Die Ausbildung für Jungen und Mädchen sollte verschieden sein, da sie ja auch verschiedene Verantwortung und Arbeit im späteren Leben haben. Ich wünsche mir, daß mein Sohn eine gute Arbeit findet und daß meine Töchter gute Ehemänner finden werden. Frauen sollten so erzogen werden, daß sie das Schlechte vom Guten unterscheiden lernen.

Weibliche Beschneidung

Die pharaonische Beschneidung ist Unrecht, denn Gott hat uns nicht geschaffen, daß wir sein Werk zerstören. Es ist, als ob man einen Finger abschneidet. Die Beschneidung ist außerdem auch gefährlich für Frauen und Kinder. In den ländlichen Gegenden arbeiten die Frauen in den Feldern, und plötzlich beginnt die Geburt, und dann ist weder ein Arzt noch eine Hebamme in der Nähe, um die Frau aufzuschneiden. Dann sterben Mutter und Kind auf die schrecklichste Weise. Ich bin pharaonisch beschnitten worden, und ich habe auch meine Töchter so beschneiden lassen. Die anderen Frauen haben mich dazu gedrängt, daß dies der einzig richtige Weg sei. Jetzt weiß ich besser Bescheid, denn fortschrittliche Frauen hier in der Stadt haben mich aufgeklärt. Es tut mir jetzt schrecklich leid, daß ich meine Töchter beschneiden ließ. Aber das kann nun nicht mehr geändert werden, und ich hoffe, daß meine Enkelinnen besser dran sind. Ich werde ihnen dabei helfen.

Der »Böse Blick« und »Zar«

Der »Zar« ist Unsinn und wurde von Frauen erschaffen. Ich nehme an keiner »Zar«-Zeremonie teil. Aber ich glaube an den »Bösen Blick«. Es gibt neidische Menschen, die dir den »Bösen Blick« geben. Daher muß man vorsichtig sein und sich und die Kinder davor schützen, und zwar mit Versen aus dem Koran und Perlen, die man um den Hals oder am Arm trägt.

Religion

Im Islam werden die Frauen respektiert, und im Sudan werden die Frauen nach den islamischen Regeln behandelt. Ich bin Muslimin und halte mich an die Regeln, und daher werde ich respektiert.

MONA

Im Sudan eine Frau zu sein heißt: Man muß immer kämpfen

Mona ist eine kleine, gut aussehende Frau von 45 Jahren. Sie ist sehr lebhaft, selbstbewußt und lebt mit ihrem Mann und drei Kindern in einem großen Haus in Khartoum. Mona ist Professorin der Universität Khartoum und – wie ein ausländischer Kollege sagte – der einzige Mann an der Universität Khartoum. Dies, vom Blickwinkel eines Mannes gesehen, sind positive Merkmale: Verläßlichkeit, Selbstbewußtsein, Intelligenz und Durchsetzungsvermögen.

Kindheit

Mein Vater war Ingenieur und meine Mutter hat ihre Ausbildung als Lehrerin bei den Christlichen Missionaren erhalten. Anfangs waren wir vier Mädchen und dann folgten sechs Jungen. Ich bin die Nummer vier der Mädchen, und nach mir folgen die Jungen. Mein Vater war Bewässerungsingenieur, und seine Arbeit war außerhalb der Städte. Wir haben immer auf dem Lande gelebt, und ich kann mich sehr gut daran erinnern. Die Landschaft und die kleinen Orte waren sehr schön. Wir wohnten immer in einem großen Haus und viele Kilometer freies Land waren um uns, das durch das Bewässerungssystem kultiviert wurde. Es gab immer ein kleines Haus für den Wächter und seine Familie und in der Entfernung war dann ein kleines Dorf. In unserer frühen Kindheit lebten wir vollkommen isoliert. Aber als ich vier Jahre alt war, wurde ich im gleichen Internat aufgenommen, in dem schon meine älteren Schwestern lebten. Es war eine katholische Missionsschule. Ab meinem vierten Lebensjahr lebte ich also in einem Internat bei katholischen Schwestern, gemeinsam mit meinen älteren Schwestern, und später folgten dann noch zwei meiner Brüder. Wir waren schon eine Ausnahme, denn zu der Zeit besuchten nur sechs Muslim-Mädchen die Missionsschule, zwei Ägypterinnen und wir vier.

Nach 8 Jahren in der katholischen Missionsschule wurden wir zur Amerikanischen Missionsschule geschickt, und zwar nur deshalb, weil wir sehr schlecht arabisch schreiben und lesen konnten.

Wir waren nicht gut genug in Arabisch, um die sudanesischen Staatsschulen besuchen zu können. Deshalb schickte unser Vater uns in die Amerikanische Missionsschule, denn dort unterrichteten sudanesische Lehrer in Arabisch. Der Einfachheit halber wurden wir gemeinsam in eine Klasse gesteckt.

Aber ich blieb nicht lange in dieser Schule, denn eines der Mädchen, das als sehr intelligent galt, brachte im Abschlußexamen sehr schlechte Ergebnisse. Mein Vater entschloß sich deshalb, mich in die englische Unity Highschool zu schicken und von dort ging ich dann direkt zur Universität Khartoum. Einen großen Teil meines Lebens habe ich in Internaten mit Mädchen verbracht.

Wir hatten 15 Tage Ferien zu Weihnachten und 3 Monate im Sommer. In den Ferien waren wir Geschwister eine feste Gruppe, und wir verbrachten wunderbare Tage zusammen. Ich glaube, mein Vater wünschte sich immer einen Jungen, aber zuerst waren es nur Mädchen, die meine Mutter gebar, d. h. ein Junge starb gleich nach der Geburt. Und meine Mutter wünschte sich sicher auch Jungen, denn wir wurden wie Jungens angezogen, in Khakihosen und Jungenschuhen, und in der Wad Medani Gesellschaft betrachtete man unsere Familie als etwas fremdartig. Sogar heute erinnern sich die Leute noch an uns. Wir wurden auch nie zurückgehalten, wenn Besucher kamen. Mein Vater wollte uns Selbstbewußtsein geben.

Ich erinnere mich genau an einen Vorfall. Ich war 13 Jahre alt und ging mit meinem Vater auf der Straße in Wad Medani. Einige Männer kamen uns entgegen, und ich schlug meine Augen nieder, wie es die Gesellschaft von Mädchen meines Alters in Gegenwart von Männern verlangt. Mein Vater schlug mich daraufhin, und als ich ihn fragte, weshalb er das täte, sagte er: »Die sind nicht besser als Du, und Du hast vor ihnen die Augen niedergeschlagen!« So war er. Mein Vater hat uns oft geschlagen, vor allem wenn wir unsere Schulaufgaben nicht machen wollten. Aber in den Ferien hatten wir keine Lust zum Lernen. Mein Vater gab uns Aufgaben in Mathematik, und wenn er nach einiger Zeit zurückkam, und die Aufgaben waren nicht gelöst, dann gab es Schläge. Unsere Gefühle für unseren Vater waren Angst, Respekt, aber auch Liebe. Ich glaube, wir haben uns nicht einmal erlaubt darüber nachzudenken, ob er Recht oder Unrecht tat, als er eine zweite Frau nahm. Was er auch tat, wir hatten immer eine Entschuldigung für ihn.

Drei Jahre später nahm er sich eine dritte Frau. Als er vier Jahre danach starb, hinterließ er neun weitere Kinder, zwei wurden nach seinem Tode geboren. Die anderen Frauen und Kinder lebten in verschiedenen Häusern, und wir hatten keinen Kontakt mit ihnen. Wir waren schon erwachsen.

Wie hat deine Mutter auf Polygamie reagiert?
Meine Mutter warf stolz ihren Kopf in den Nacken und sagte: »Ich bin gebildet. Was sind die? Im Vergleich zu uns sind sie niemand!« Und mein Vater feierte auch keine großen Hochzeiten mit der zweiten und dritten Frau. Er heiratete Frauen vom Lande. Als er starb, sagte meine Mutter: »Wir wollen nichts von seinem Nachlaß, so lang uns die anderen nicht belästigen.«

Wir hatten keinen Kontakt mit den Frauen und Kindern aus den weiteren Ehen meines Vaters, bis vor kurzem. Vielleicht haben wir uns nicht richtig verhalten, und ich sollte es erklären. Meine Mutter bestand darauf, daß wir unsere Ausbildung beenden. Ich hatte an der Universität angefangen. Meine älteste Schwester arbeitete und half uns finanziell. Wir hatten sechs Jungen zu versorgen, und die anderen Frauen meines Vaters hatten das Haus meines Vaters behalten, sie bekamen seine Pension und kümmerten sich um ihre eigenen Kinder. Als ich mit der Universität fertig war, mußte ich mich um die Ausbildung meiner Brüder kümmern. Wir hielten zusammen, aber wir hatten eine sehr schwere Zeit.

War deine Mutter verbittert?
Ich glaube, sie war einfach praktisch veranlagt und sah, daß es keinen Zweck hatte, Geld oder Unterstützung von den anderen Frauen zu verlangen. Wir wußten, daß mein Vater ein großes Familienhaus gebaut hatte. Aber davor hatte er zwei Häuser für meine Mutter gebaut. Doch durch den finanziellen Druck, hervorgerufen durch die Heirat meiner beiden Schwestern zum einen und die vielen anderen finanziellen Verpflichtungen meines Vaters durch seine anderen Frauen und Kinder, zum anderen war das, was für eine Familie reichlich war, zu wenig für alle. Die beiden Häuser wurden verkauft, und wir zogen in ein gemietetes Haus. Wir mußten überlegen und den Jungen eine Ausbildung geben.

Vielleicht wäre die Situation anders, wenn wir jünger gewesen wären. Aber wir waren junge Mädchen, die einen Vater hatten, der an Frauenbildung glaubte. Unsere Schulgebühren betrugen 48 sudanesische Pfund, eine große Summe aus seinem Gehalt. Er behandelte uns anders, als es die Gesellschaftsnorm war. Er gab uns alles, was ein sudanesischer Mann seines Alters seinen Töchtern geben konnte. Aber gleichzeitig hatte er auch Freude am Leben. Er genoß es, mit seinen Freunden zu trinken, jedoch nie bei uns zu Haus. Er war ein fröhlicher Mensch, und wenn er noch länger gelebt hätte, dann hätte er auch noch weitere Frauen geheiratet. Als er merkte, daß er älter wurde, tat er, was viele Männer seiner Altersgruppe taten, er heiratete eine junge Frau. Er bekannte, daß er nebenher auch noch Freundinnen hatte. Es hat mich nie gestört, aber vielleicht auch nur deshalb nicht, weil ich meinen Vater verehrte. Später habe ich mich manchmal gefragt, ob er richtig gehandelt hat, aber damals habe ich es einfach ignoriert. Mein Vater war in den Fünfzigern, als er ein zweites Mal heiratete. Meine Mutter hätte noch weitere Kinder bekommen können; ihr letzter Sohn war 3 Jahre alt.

Jetzt im Alter zeigen sich die Auswirkungen des seelischen Drucks, dem meine Mutter durch die zweite Heirat ausgesetzt war. Sie mußte plötzlich allein sechs Jungen erziehen, das ist schwieriger als Mädchen. Meine Mutter bekam vor 10 Jahren nervöse Störungen, die heute noch nicht behoben sind.

Ich kann meinem Vater jedoch nicht böse sein, denn er tat etwas, was zu seiner Zeit nicht üblich war: er hat sein Geld ausgegeben, um seinen Töchtern eine gute Ausbildung zu geben, und dafür bin ich ihm dankbar.

Heirat und Ehe

Ich traf meinen Mann an der Universität Khartoum, während ich an meinem Diplom arbeitete, und ich habe ihn noch vor meinem Examen geheiratet. Während einer Weihnachtsfeier in einem Club bat er mich zum Tanz, und während wir tanzten, fragte er mich, ob ich ihn heiraten wollte. Ich bat um Bedenkzeit, denn der Antrag kam für mich so plötzlich. Aber er sagte, daß ich sofort ‚ja' oder ‚nein' sagen müßte. Ich sagte ‚ja'. Die Freunde, mit denen ich zu dem Fest gekommen war, rieten mir, nichts zu übereilen. Aber ich wollte mir selbst eine Chance geben, ihn näher kennenzulernen, und deshalb habe ich zugestimmt.

Mein Mann hatte den Ruf, ein unverbesserlicher Junggeselle zu sein, und die Studenten hatten schreckliche Angst vor ihm. Eine Freundin von mir weinte tatsächlich, als ich ihr von meinen Heiratsplänen erzählte. Vier Monate später waren wir verheiratet. Meine Fahrkarte für unsere Hochzeitsreise habe ich selbst bezahlt. Zu Beginn unserer Ehe hatte ich so meine Probleme. Ich konnte mich nicht daran gewöhnen, daß mein Mann um 4 Uhr nachmittags nach der Arbeit sich duschte und dann aus dem Haus ging, um nicht vor Mitternacht wieder zurück zu sein. Ich hatte mir die Ehe anders vorgestellt und dachte, daß wir die Abende zusammen verbringen würden. Am Anfang habe ich mich oft beschwert, aber dann habe ich eingesehen, daß man nichts gegen die gesellschaftlichen Regeln tun kann. Männer und Frauen leben in getrennten Welten und man muß daraus das Beste machen. Mein Mann wird niemals seine Freunde aufgeben, das habe ich schnell eingesehen. Ich mußte mich entscheiden, entweder würden seine Freunde täglich bei mir zu Hause herumsitzen und sich bedienen lassen, oder ich muß auf meinen Mann am Abend verzichten. Ich war mir klar, daß ich meinen Mann gerne mit ein oder zwei Freunden zu Hause gehabt hätte, aber nicht die ganze Gruppe und dann auch noch täglich. So habe ich mich dazu entschlossen, mein eigenes Leben nachmittags und abends zu leben, und er seines, aber trotz allem sind wir eine Familie. Dieses System hat sich bewährt, denn sein Versuch, als Hausvater zu Hause zu sitzen, schlug völlig fehl. Er war so nervös, daß ich am Ende froh war, als er wieder zu seinen Freunden ging.

Du hast eine Tochter und zwei Söhne, machst du Unterschiede in der Erziehung?

Oh nein. Wenn zum Beispiel meine Tochter mich ärgern will, dann sagt sie: »Hallo Frau!« Und ich rege mich jedes Mal darüber auf. Ich sagte ihr dann immer wieder: »Du bist eine Frau und ich bin eine Frau, das ist keine Beleidigung!« Sie antwortet mir dann: »Was willst du damit sagen; wir werden doch wie Mädchen behandelt.« Sie hat natürlich bemerkt, daß die Gesellschaft ihre weiblichen Mitglieder wie unmündige Kinder behandelt. Ich gebe ihr aber keinen Anlaß, sich als minderwertig zu betrachten, nur weil sie ein weibliches Wesen ist. Aber gleichzeitig hüte ich mich davor, sie als etwas Besonderes zu behandeln, denn sie ist die einzige Tochter zwischen zwei Söhnen, und sie soll nicht vorgezogen werden.

Wie stehtst du zur weiblichen Beschneidung?
Ich glaube, wenn wir aufstehen würden und laut schreien, die Sudanesen werden dabei bleiben. Einige bevorzugen beschnittene Frauen, andere wären glücklicher mit einer unbeschnittenen Frau. Meiner Ansicht nach sollten Mädchen nicht beschnitten werden. Wenn ein Mann darauf besteht, daß seine Frau beschnitten sein sollte, und sie ist damit einverstanden, dann ist dies ihr Problem. Es gibt unbeschnittene Mädchen, die sich nach der Geburt des ersten Kindes beschneiden lassen. Meine Tochter lasse ich so wie sie ist. Es ist ihre eigene Entscheidung, was sie mit sich machen will.

Meine Großmutter mütterlicherseits war eine der ersten Hebammen mit einer richtigen medizinischen Ausbildung. Sie wurde früh Witwe und hatte fünf Kinder zu ernähren. Daher entschloß sie sich, im Krankenhaus eine Ausbildung als Hebamme zu machen. Jeden in unserer großen Familie hat sie zur Welt gebracht. Sie hatte unheimliche Angst vor den Engländern, die damals noch Kolonialherren im Sudan waren und die Infibulation 1946 gesetzlich verboten. Meine Großmutter führte daher nur die mildere erlaubte Form der Beschneidung durch. Alle Mädchen in unserer Familie wurden auf die milde Sunna-Art beschnitten. Wir sind eine sehr große Familie, und alle heirateten verschiedene Partner nicht immer innerhalb der Familie. Daher haben einige Mädchen sich vor oder nach der Heirat nochmals auf die härtere Art beschneiden lassen. Aber im allgemeinen haben die Familienmitglieder vorher dieses Problem mit dem zukünftigen Mann durchgesprochen, und meine Großmutter hat immer darauf bestanden, daß die Infibulation (pharaonische) Beschneidung nicht durchgeführt wurde.

Meine Schwestern und ich wurden alle an einem Tag beschnitten. Ich kann mich nicht mehr daran erinnern, aber in der Familie werden Geschichten erzählt. Ich kann mich nicht an etwas Unschönes erinnern, und auch in der ganzen Familie meiner Mutter hat man keine Probleme mit den Beschneidungen gehabt. Wir haben auch keine großen Feste gefeiert. Meine Mutter mochte keine Gäste bei Festen wie Beschneidungen oder zur Geburt eines Kindes, denn sie hatte Angst vor dem »Bösen Blick«.

Der »Böse Blick«

Meine Mutter fürchtete sich vor dem »Bösen Blick«, da sie eine große Familie hatte. Wenn irgendjemand uns besuchte, dann rief sie uns zu, daß wir uns verstecken sollten. Und wir kleinen Dummerchen versteckten uns wie Affen. Wenn wir in den Schulferien zu Hause waren, dann mußten wir uns im Badezimmer verstecken. Schwitzend saßen wir da, bis der Gast wieder ging und meine Mutter verneinte die Frage, ob ihre Kinder schon in den Ferien nach Hause gekommen seien.

Ich glaube nicht an den »Bösen Blick«, aber ich kenne viele Leute, die daran glauben. Man sagt, daß Leute dich um dein Glück und deine Habseligkeiten beneiden, z. B. einen guten Mann, gesunde Kinder, ein großes Haus. Aber ich glaube nicht, daß dieser Neid gefährlich sein kann. Viele Sudanesen tragen einen »hijab«, kleine Lederkästchen, die einen Koranvers enthalten. Vor allem kleine Kinder tragen oft einen »hijab« um den Hals gebunden. Das bringt Schutz gegen Krankheit oder Tod. In unserer Familie tragen wir blaue Perlen als Glücksbringer.

Frauen und Beruf

Als ich begann, die Universität zu besuchen, war es nicht leicht für Frauen. Zum Beispiel gab es einen Fall, den ich nie vergessen werde. Eine sehr begabte Studentin mußte die Universität verlassen, da ihr Bruder, der nicht so klug war, die gleichen Vorlesungen besuchte, aber nicht so gute Zensuren brachte. Man kann es eine Zeit nennen, in der die Leute damit begannen, an Hochschulausbildung für Mädchen zu glauben, aber nicht jedermann war wirklich mit ganzem Herzen dabei.

Hier im Sudan ist eine Männerwelt, und wir Frauen müssen unser ganzes Leben kämpfen. Wir haben jahrelang gekämpft, und es ist uns fast zur Gewohnheit geworden. Die Tatsache, daß man als weibliches Wesen zur Welt kommt, macht jede Frau, jedes Mädchen automatisch zum Bürger zweiter Klasse. Das ist die Wahrheit, und es gab Zeiten, da war ich sehr betroffen. Ich werde ein Beispiel nennen. Als ich hörte, daß die Stelle des Dekans unserer Fakultät neu besetzt werden sollte, habe ich nicht im Traum daran gedacht, mich um die Position zu bewerben. Ich wußte, daß es mir nicht möglich war, mich dem Diktat der Islamischen Gesetze, die damals maßgebend waren, zu unterwerfen. Ich wußte, daß ich mich entsprechend hätte kleiden müssen, um diesen Posten zu vertreten, und das war, meiner Persönlichkeit entsprechend, nicht akzeptierbar für mich. Ich wollte als Frau akzeptiert sein, so wie ich war und mich nicht dem Diktat unterwerfen, deshalb habe ich mich zurückgezogen. Als Mann hätte ich mich nicht zu ändern brauchen, aber als Frau hätte ich mich unterwerfen müssen, wenn ich den Posten angenommen hätte. Deshalb muß man es akzeptieren, eine Frau zu sein und Vorschriften, die besonders für Frauchen gemacht wurden, ablehnen. So muß man sich entscheiden, auch wenn man dafür vieles aufgibt. Ich hatte sehr große Chancen, den Posten zu bekommen; denn viele hatten mich vorgeschlagen.

Bildung

Jeder, der es sich leisten kann, vor allem aus den Mittel- und Oberschichten, versucht seine Töchter auf die Universität zu schikken. Wie ich schon sagte, zu meiner Zeit mußten wir uns unseren Weg zur Universität erkämpfen. Eine meiner Freundinnen mußte vier Jahre zu Hause sitzen, bevor ihr ältester Bruder ihr die Erlaubnis gab, die Universität zu besuchen. Heute ist es natürlich nicht mehr so. Es sind die Eltern, die ihre Kinder vorantreiben. Man sieht heute viele Väter, die versuchen, einen Platz an der Universität für ihre Töchter zu finden, und sie sind auch bereit, dafür zu zahlen.

Verhindern Ehemänner das Studium ihrer Frauen?

In meiner Fakultät sind mehr verheiratete Frauen als in anderen Fakultäten. Ich kann nicht genau die Zahlen sagen, aber ich bin sicher, daß es auch in anderen Fakultäten viele verheiratete Studentinnen gibt. Weibliche Diplomanden und Doktoranden sind noch zahlreicher und auch viele berufstätige Frauen sind verheiratet. Heirat hält eine Frau im allgemeinen nicht davon ab, ihr Studium zu beenden und eine Karriere zu beginnen.

Stimmt es, daß Studentinnen sich später weigern, in ländlichen Regionen zu arbeiten?

In der naturwissenschaftlichen Fakultät, besonders in den Abteilungen Botanik, Biologie und Zoologie sind mehr Studentinnen als

Studenten. Das Gegenteil ist der Fall in Chemie, Physik, Mathematik und Geologie. Ich werde ganz ehrlich meine Meinung darüber sagen. Wenn eine Frau mit einem Mann einen Wettbewerb eingeht, und sie gewinnt, dann hat sie das Recht auf den Studienplatz, um den sie gekämpft hat. Aber wenn die Frau – oder auch der Mann – der Sache nicht dient, für die sie (er) den Platz an der Universität bekommen hat, dann hat sie (er) kein Recht darauf.

Ich denke, es gibt zwei Wege, aus diesem Dilemma herauszukommen. Entweder muß man die Studienplätze für Frauen in den Fächern reduzieren, die am meisten betroffen sind, z. B. Medizin und Landwirtschaft, oder man muß sie verpflichten, anschließend zumindest für einige Zeit zu arbeiten. Die Mediziner sollten kein Abschlußzeugnis bekommen, bevor sie nicht eine praktische Ausbildungszeit in ländlichen Regionen durchgeführt haben. Ich meine, daß es sehr wichtig ist, daß auch Mädchen und Frauen außerhalb von Khartoum arbeiten, und vielleicht bevorzugen sie später sogar das Leben auf dem Lande. Es ist am Anfang nur das Ungewöhnliche für Mädchen, sich von der Familie zu entfernen und allein zu leben. Natürlich sind die Familienmitglieder auch gegen eine Ausbildungszeit, die nicht in der Nähe der Familie stattfindet. Wenn es jedoch ein Teil der Ausbildungspflicht ist, dann wird niemand etwas dagegen sagen können. Ich zum Beispiel nehme immer Mädchen mit auf meine Feldforschungsreisen, und wir begeben uns in Gegenden, in die viele Männer nicht reisen würden. Wir reisen und leben unter schwierigsten Bedingungen, aber die Mädchen kommen sehr gut zurecht. Wenn ich es jedoch der Familie überlassen würde, diese Entscheidung zu treffen, sie würden den Mädchen diese Feldforschungsreisen nicht erlauben. Sie würden fragen: Wo werdet ihr wohnen? Wer paßt auf euch auf? Wenn die Eltern jedoch wissen, daß die Mädchen vom Lehrpersonal beaufsichtigt werden, dann haben sie nichts einzuwenden.

Wenn die Studentinnen dies nicht akzeptieren wollen, dann haben sie kein Recht, sich über die Reduzierung von Mädchen und Frauen an den Universitäten zu beschweren. Ich würde eine gleiche Anzahl von Studenten und Studentinnen vorziehen, vielleicht wären mir sogar weniger Studentinnen recht. Nicht jede Studentin arbeitet hart, um zu graduieren. Wenn sie nur vier Jahre ihres Lebens an der Universität verbringen will und nicht an eine Karriere denkt, dann wäre ich glücklicher ohne sie. Ein Student jedoch muß graduieren, ob er es gerne möchte oder nicht, denn auf ihn wartet Verantwortung. Natürlich gibt es auch Mädchen, auf die große Verantwortung wartet, aber in der sudanesischen Gesellschaft erwartet man eher von einem Jungen, daß er Verantwortung für die Familie trägt. Er muß anschließend eine Arbeit finden und eine Karriere aufbauen.

Es wird gesagt, daß viele Mädchen nur die Universität besuchen, um einen reichen Mann zu finden?
Laß es mich so sagen. In einem Alter, wenn junge Leute sich auf eine Universitätsausbildung vorbereiten, das heißt sich auf einen guten Oberschulabschluß vorbereiten, der für die Aufnahme in die Universitäten berechtigt, sind Mädchen und Jungen zwischen 18 und 20 Jahre alt. Ich glaube, daß Mädchen in dem Alter reifer sind als Jungen. Besonders im Sudan besteht da ein großer Unterschied, verglichen mit Europa. Hier heiraten Mädchen oft schon mit 14 Jahren. Als junge Frau betreut sie den ganzen Haushalt. Sie macht das perfekt und ohne sich zu beschweren. Es scheint nicht fair, daß ein Mädchen dieses Alters schon verheiratet ist. Man könnte annehmen, es sei geistig nicht vorbereitet. So ist es aber nicht, viele Mädchen sind reif für diese Rolle.

Nun nehmen wir einmal an, ein Mädchen heiratet, bevor es an der Universität aufgenommen ist. Die Aufnahme an der Universität ist dann in den meisten Fällen nur die Erfüllung eines Wunsches und nicht der Wunsch nach einer großen Karriere. Aber die Mädchen, die darauf bestehen, zuerst einen Fuß in der Tür zu haben, um zu wissen, woran sie sind, und dann heiraten, die denken sicher an eine spätere Karriere.

Ein Junge dieses Alters im Sudan ist erst in der Entdeckungsphase. Im Vergleich zu Jungen der europäischen Gesellschaft könnte man ihn mit 15- bis 16jährigen vergleichen. Er ist hauptsächlich an Kino und Discos interessiert, und er bekommt von der Familie die Erlaubnis, diese Orte zu besuchen; im Gegensatz zu den Mädchen. Für Mädchen gibt es nur die Bücher, und Mädchen lernen daher. Mädchen haben keine besseren Gehirne als Jungen, aber sie benutzen ihre Freizeit zum Lernen, und daher bekommen sie bessere Zensuren. Das Ergebnis ist die Aufnahme in die Universität. Es gibt viele intelligente Jungen, die nicht die Universität besuchen, sie sind nicht interessiert, sie haben keine Lust zum Lernen. Wir wissen dies, denn wir haben diese Fälle alle in unseren Familien. Man hört es überall... er ist so intelligent, aber er sieht in kein Buch. Und wenn man Prüfungen als Maß für Universitätsbildung ansetzt, dann haben diese Jungen keine Chance.

Mit meinen Kindern habe ich ähnliche Probleme. Meine Tochter ist sehr selbständig und unabhängig. Sie braucht meine Hilfe nicht. Aber beide Jungen brauchen meine Unterstützung beim Lernen. Sie sind intelligent, aber man muß sie zum Lernen zwingen. Ich weiß nicht, wie es anderen geht, aber ich werde immer schnell nervös, wenn ich meinen eigenen Kindern beim Lernen helfen muß. Ich versuche mich zu kontrollieren, aber ich benehme mich immer wieder als Lehrer, und ich möchte nicht die Lehrerrolle bei meinen Kindern einnehmen. Ich glaube, Eltern sind meistens die schlechtesten Lehrer für ihre eigenen Kinder, und ich bin da keine Ausnahme.

Scheidung

Wenn zwei Menschen mir erzählen, daß sie 20 Jahre verheiratet seien, und nun wollten sie sich scheiden lassen, dann finde ich es in Ordnung. Viele Leute akzeptieren eine Scheidung. Sie sind nicht sehr beunruhigt darüber, obgleich in einigen Gesellschaften und Familien eine Scheidung immer noch ein Makel ist. Aber bei vielen Leuten in und um Khartoum ist es kein Makel mehr, geschieden zu sein. Eine Frau kann sagen: »Ich kann ihn nicht mehr ausstehen. Ich will mich scheiden lassen.« Und sie lassen sich scheiden. Die meisten Frauen, die es in Ehen aushalten, obgleich sie unzufrieden mit ihrem Mann und ihrem Leben sind, tun dies wegen ihrer Kinder.

Es ist immer wieder zu hören – man bleibt wegen der Kinder – und dann wiederholt man es selbst – ich bleibe wegen der Kinder. Frauen sagen immer wieder, daß Frauen mit diesem Problem konfrontiert werden, ob sie es nun wollen oder nicht. Aber ich glaube, daß dies heute nicht mehr der Fall ist, denn viele junge Frauen sind gebildet und können eine Arbeit finden und sich selbst und ihre Kinder ernähren. Bildung hat den Frauen sehr geholfen, und in vielen Familien ist es auch nicht so ein großer Makel, wenn eine Tochter geschieden ist. Einige Familien denken sogar, daß die Tochter viel besser ohne Ehemann leben kann, und so unterstützen sie sie, ihren Mann zu verlassen. Wenn eine Frau von ihrer Familie Unterstützung erhält, dann hat sie keine Probleme.

Nach dem Islamischen Gesetz gehören die Kinder dem Vater. Ab einem bestimmten Alter – Jungen 7 Jahre, Mädchen 12 Jahre – kann der Vater die Kinder von der Mutter verlangen. Aber in 90 Prozent der Scheidungsfälle will der Vater und seine Familie die Kinder nicht. Die Männer wollen meistens wieder heiraten, sie wollen eine junge Braut. Sie wollen noch einmal neu anfangen, und weshalb sollen sie sich da mit schreienden Kindern ärgern. Wenn ein Mann die Kinder nimmt, dann nur, um seine Frau zu verletzen. Die Frauen heiraten meistens nicht wieder, und solange sie nicht wieder heiraten, können sie im allgemeinen die Kinder behalten.

Aber ich kann nur sagen, wenn eine Frau sich wirklich an einem sudanesischen Mann aufgrund der von ihm gewünschten Scheidung rächen will, dann sollte sie wieder heiraten! Das würde einen Sudanesen umbringen. Aber leider findet man kaum einen Mann, der eine geschiedene Frau heiratet. Eine geschiedene Frau ist eine gebrauchte Frau. Für Männer gelten da andere Gesetze.

Wie denkst du über Polygamie / Zweitfrauen?
Ja, darüber habe ich oft nachgedacht. Ich habe mich gefragt, wie würde ich reagieren, wenn mein Mann nochmals heiraten würde? Würde ich die neue Frau akzeptieren? Manchmal sage ich mir: sie soll im Hause wohnen, und ich werde ihm und ihr das Leben zur Hölle machen. Und dann denke ich wieder, daß ich dieses Zusammenleben nicht tolerieren könnte, denn sie werden Dinge machen, die mich aufregen würden. Aber nun denke ich oft, vielleicht werde ich mich überhaupt nicht aufregen. Doch wenn ich mich ärgern würde, dann würde ich es nicht zeigen wollen, und das macht krank. Eines kann ich jedoch sagen, wenn ich es wirklich akzeptieren würde, mit der zweiten Frau im gleichen Haus zu leben, dann würde ich nie wieder das Leben als Mann und Frau zwischen uns akzeptieren.

Vielleicht würde ich im gleichen Haus mit der neuen Frau zusammenleben, damit er für mich und die Kinder zahlt, und ich würde nicht einmal eine Scheidung verlangen. Aber dann nur deshalb, damit ich keine finanziellen Nachteile als geschiedene Frau habe und das verliere, für das ich mein Leben lang gearbeitet habe. Wenn ich dieses alles einander gegenüberstelle, dann sage ich mir aber wieder, daß ich auf keinen Fall bei ihm bleiben würde. Manchmals sitzen mein Mann und ich zusammen und sprechen darüber zum Spaß – oder ist es kein Spaß? Ich sage dann, daß ich viele Leute kenne, die abends schlafen gehen und am Morgen nicht mehr aufwachen und glaub mir, daß hat meinen Mann ehrlich erschreckt. Ich bin nicht sicher, aber ich glaube nicht, daß ich eine zweite Frau akzeptieren würde.

Es wird gesagt, daß es in einigen sudanesischen Gesellschaften Frauen gibt, die sich wirklich nichts daraus machen, wenn eine zweite Frau ins Haus kommt. In vielen Gesellschaften ist es so, daß ein Mann nicht mit seiner Frau schlafen darf, wenn sie ein Kind stillt. Es ist eine Art von Geburtenkontrolle. Daher darf der Mann seine Frau oft zwei bis drei Jahre nicht anfassen, und aus diesem Grunde heiratet er dann eine zweite oder auch dritte Frau.

Aber, wenn man richtig darüber nachdenkt: die Männer haben kein Recht, eine zweite und weitere Frau zu heiraten – jede Frau weiß dies. Aber gleichzeitig wird »Shari'a« (Islamisches Gesetz) angewendet und praktiziert. Man kann es vielleicht in bestimmten Fällen verstehen, wenn ein Mann unbedingt ein Kind haben möchte, und die Frau kann keine Kinder bekommen, daß er dann eine zweite Frau nimmt. Aber in den meisten Fällen ist es doch so, der Mann hat Geld und will sich mit einer neuen, jungen Frau vergnügen. Ich glaube, es ist nicht mehr als das. Dem Kodex der Gesellschaft folgend macht man das legal durch Heirat und Geld. Es ist bezahlter Ehebruch. Und viele Männer wissen, daß sie eigentlich keinen Anspruch auf eine zweite Frau haben, und ich glaube auch, daß die Lebensbedingungen heute anders sind. Viele Männer in der Generation meines Vaters hatten zwei, drei und sogar vier Frauen, und manchmal ließen sie sich von der vierten Frau scheiden, um eine fünfte heiraten zu können. Es gibt da einen Ausdruck im Sudan – »Rugal Maswage« Das heißt, wenn ein Mann gern heiratet, legal heiratet, soll er daran denken, daß er nicht mehr als vier Frauen gleichzeitig heiratet. Dann fängt er an, sich mit X, Y, Z zu streiten, normalerweise behält er die erste und zweite Frau, die dritte Frau wird meistens ausgetauscht für eine neue Frau.

Wie denkt die Gesellschaft über Polygamie?
Ich glaube, kein Mann wird ehrlich darüber sprechen, indem er über den anderen sagt: der hat etwas Gutes oder Böses getan. Doch ich bin sicher, daß sie alle tief im Innern neidisch sind. Sie möchten alle eine zweite junge Frau. Aber nach außen hin sagen sie: wie kann er nur, er ist 50 oder 60 Jahre alt, und die neue Frau könnte seine Tochter sein... Aber sie sind eigentlich neidisch auf diesen Mann. Die männliche Gesellschaft im Sudan hat nichts gegen eine junge, zweite Frau, obgleich viele Männer sich nachteilig darüber äußern. Es ist nicht richtig, denn er hat oft Kinder im gleichen Alter wie die neue Frau. Einige Männer denken, daß erwachsene Kinder abschreckend sind, für andere ist es Geld. Wieder andere lassen sich durch nichts abschrecken und heiraten einfach.

Wie denkst du über Männer im allgemeinen?
Ich habe da eine bestimmte Meinung über gebildete Männer. Es gibt Männer in der sudanesischen Gesellschaft, die benutzen Bildung nur als Schein. Wenn man Bildung so versteht, daß man Dinge richtig überlegt und einer Frau ihre vollen Rechte gibt und sie als vollwertiges menschliches Wesen anerkennt, dann würde ich sagen, daß es sehr, sehr wenige gebildete Männer im Sudan mit dieser Auffassung gibt. Das zeigt sich ganz klar, wenn es zu Problemen kommt. Laß mich ein Beispiel nennen: Es gibt viele gebildete Männer, die sich Kinder wünschen, und nun haben sie eine Frau, die keine Kinder bekommen kann oder die Kinder sterben im Säuglingsalter. Der Mann wird dann eine zweite Frau heiraten. Ich denke, wenn ein Mann wirklich gebildet ist, dann sollte er auch an seine Frau denken, sie so nehmen wie sie ist, und sich damit zufrieden geben. Sie hat ihr Bestes getan. Aber hier ist die sudanesische Gesellschaft gespalten. Ich kenne aber nur ein oder zwei Fälle, in denen die Frau den Mut hatte, zum Gericht zu gehen und zu sagen: »Ich verlange eine Scheidung, denn ich kann keine Kinder von ihm bekommen« oder »Ich möchte eine Scheidung, denn mein Mann ist kein vollwertiger Mann.«

Ist dir bekannt, ob eine Frau um eine Scheidung gebeten hat?
Ja, aber es sind weit mehr Männer als Frauen, die eine Scheidung verlangen. Und obgleich oft der Mann der Schuldige ist, bekommt

die Frau meistens die Schuld. Ich kenne einen Fall, da hat die Familie der Frau dem Ehemann vorgeschlagen: »Laß dich von ihr scheiden, wenn ihr keine Kinder bekommen könnt!« Die Familie würde niemals sagen: »Laß unsere Tochter gehen, denn du bist schuldig, daß Ihr kinderlos seid.«

Kinder zu bekommen und Mütter zu sein scheint das wichtigste Ziel für sudanesische Frauen zu sein – auch für die Gebildeten?
Ja, in den meisten Fällen. Aber ich glaube, es kommt auch darauf an, was dir das Leben bietet. Wenn man eine Karriere macht, die einen voll in Anspruch nimmt, dann macht man sich keine Sorgen darüber. Aber wenn eine Frau zu Hause ist, dann wird jeder sagen, du hast noch nichts erreicht, du hast noch keine Kinder bekommen. Warum gehst du nicht zu dem und dem Arzt? Oder sogar: Warum gehst du nicht zu dem Faki »So-und-So« – er ist sehr gut. Vielleicht hat jemand den »Bösen Blick« auf Dich geworfen?

Der Druck der Gesellschaft auf die Frauen ist sehr groß, und das wird sich auch nicht so schnell ändern.

SELMA

Die Mehrzahl der sudanesischen Frauen sind noch nicht so weit, gleiche Rechte richtig zu nutzen; sie würden ihre Rechte nur mißbrauchen.

Selma ist sehr attraktiv. Sie ist 30 Jahre alt, verheiratet und ist Mutter von drei Kindern; zwei Mädchen von 6 und 8 Jahren und einem einjährigen Jungen. Selmas Mutter ist Engländerin und ihr Vater ist Sudanese. Beide Eltern stammen aus der Mittelschicht, der Vater war Regierungsbeamter, ist jetzt aber pensioniert. Selma hat zwei Brüder und zwei Schwestern. Alle Geschwister haben die Oberschule und weiterführende Schulen besucht. Die Geschwister sind im Sudan aufgewachsen und alle, außer einer Schwester, leben im Sudan und sind dort verheiratet. Selmas Wunsch ist es, einen eigenen Kindergarten zu eröffnen, sobald ihr kleiner Sohn groß genug ist, so daß auch er den Kindergarten besuchen kann.

Wie denkst du über die Ehe? Hast du deinen Mann vor der Heirat gekannt?
Ja, ich kannte meinen Mann vor der Heirat. Wir sind verwandt. Unsere Großväter väterlicherseits sind Brüder. Mein Mann ist sieben Jahre älter als ich und ist Beamter im gehobenen Dienst. Er hat im Sudan und nachfolgend im Ausland studiert. Auch heute ist er noch viel unterwegs, in Europa, Asien und den Vereinigten Staaten.

Seit meiner Heirat fühle ich mich unabhängiger, und mit einem Verwandten verheiratet zu sein ist nicht schlecht... Es ist besser, den Teufel persönlich zu kennen....! Aber im Grunde hängt es doch davon ab, ob man verliebt ist oder nicht. Andererseits glaube ich, daß Liebesheiraten im Sudan nicht lange halten. Respekt ist wichtiger als Liebe. Nach meinen Erfahrungen sind nur etwa 50 Prozent aller Ehen hier glücklich. Gleiche Bildung und gleicher Familienhintergrund sind dabei maßgebend, ob man sich gut versteht oder nicht. Ich halte nicht viel von Sex vor der Ehe; das ist nicht gut. Für 90 Prozent der Ehen im Sudan ist Sex das Wichtigste überhaupt. Daher wollen Männer immer junge Frauen, da viele

Frauen das Interesse am Sex verlieren, wenn sie älter werden und schon Kinder bekommen haben. Aber auch viele Kinder halten einen Mann nicht bei seiner Frau und viele Männer nehmen sich später eine junge zweite Frau.

Auch der Respekt vor dem Partner, der sich in der Ehe entwikkeln sollte, ist selten. Für die meisten Männer ist die Frau nur als Sexualobjekt interessant, und wenn ein Mann sich mit seiner Ehefrau langweilt, dann beginnt er eine Affäre mit einer anderen Frau. Oft ist das die Frau eines Freundes, da er das Haus eines Freundes leichter betreten kann, ohne daß die Nachbarn etwas Anstößiges dabei finden.

Frauen haben Affären mit anderen Männern aus anderen Gründen. Sie fühlen sich vernachlässigt. Ihre Ehemänner haben wenig Zeit für sie, und so versuchen sie andere Männer zu treffen.

Wie denkst du über Scheidung und Polygamie?

Wenn mein Mann sich eine zweite Frau nehmen würde, dann würde ich mich nicht scheiden lassen. Ich würde im Haus bleiben und ihn sich schuldig fühlen lassen. Er wird mich mit mehr Respekt behandeln und mir Geschenke geben, damit ich glücklich bin. So im Grunde fände ich es nicht schlecht, wenn mein Mann eine zweite Frau heiraten würde. Ich habe meine Kinder und würde keine finanziellen Sorgen haben, so lange ich mit ihm verheiratet bin.

Geschiedene Frauen werden als gefährlich angesehen, sie sind tabu, da sie eventuell den Mann einer Freundin wegnehmen. Eine geschiedene Frau kann Geschlechtsverkehr haben, da sie »offen« ist als Beschnittene. Geschiedene Frauen versuchen immer, schnell wieder zu heiraten, da die Gesellschaft sie unter Druck setzt. Die Gesellschaft verlangt von einer geschiedenen Frau, daß sie ruhig und zurückgezogen lebt. Junge geschiedene Frauen sagen deshalb niemals, daß sie geschieden sind, sondern sie geben sich als unverheiratet oder als Witwen aus. Ich persönlich glaube, eine verheiratete Frau sollte vorsichtig sein, wenn sie eine geschiedene Freundin hat, denn sie könnte ihr den Ehemann nehmen. Sehr oft sind geschiedene Frauen falsch, sie lächeln, aber man kann ihnen nicht trauen. Um ganz ehrlich zu sein, ich glaube nicht, daß man in der sudanesischen Gesellschaft echte Freundschaften, zumindest was Frauen anbelangt, aufbauen kann.

Es ist heute möglich, daß sich auch sudanesische Frauen von ihren Männern scheiden lassen können, wenn sie drei Jahre lang getrennt leben. Aber wenn das Paar nur kurze Zeit in einem verschlossenen Raum ohne Aufsicht zusammen ist, dann müssen für eine Trennung erneut drei Jahre berechnet werden. Eine Frau, die sich von ihrem Mann trennen will, muß also sehr vorsichtig sein. Die Gesellschaft ist fast immer auf der Seite des Mannes.

Was kannst du über Witwen sagen?
Wenn eine Witwe Kinder hat, dann wird sie von der Gesellschaft sehr respektiert. Junge Witwen werden normalerweise schnell wieder heiraten können, falls sie dies wünschen.

Was ist deine Meinung über Verwandtschaft?
Ich selbst ziehe eine Kleinfamilie vor – nur mein Mann, meine Kinder und ich. Aber im Sudan ist jeder Mann verpflichtet, sich um seine unverheirateten Schwestern zu kümmern. Es macht mir daher nichts aus, wenn mein Mann eine oder zwei seiner Schwestern zu uns ins Haus bringt. Natürlich habe ich auch nichts dagegen, wenn meine eigenen Eltern und meine Geschwister mit uns zusammenleben, obgleich ich mich manchmal darüber aufrege, wie meine Schwester ihre Kinder erzieht. Dieser Krach und der ewige Zank zwischen den Kindern nervt mich sehr.

Was kannst du über deine eigenen Kinder sagen?
Ich habe zwei Mädchen und meinen kleinen Sohn. Der wichtigste Moment in meinem Leben war die Geburt meines Sohnes. Ich liebe alle meine Kinder, aber im Sudan ist ein Sohn etwas ganz besonderes. Alle meine Kinder sollen die bestmögliche Erziehung bekommen, aber mein Sohn *muß* die Universität besuchen. Meine Töchter könnten natürlich auch die Universität besuchen, wenn es möglich ist. Jungen und Mädchen sollten die gleiche Erziehung erhalten, und manchmal denke ich, daß es noch wichtiger für die Mädchen ist, daß sie eine gute Ausbildung erhalten. Sie würden dadurch eine gewisse Unabhängigkeit erhalten. Ich wünsche mir und hoffe, daß meine Kinder ein besseres Leben haben werden als ich. Sie sollten auf jeden Fall gesund bleiben und frei von Rassismus sein.

Wie denkst du über Freiheit und gleiche Rechte für Frauen?
Ich glaube, daß Frauen im Sudan genügend Freiheit haben. Sie können alleine reisen und lassen dabei oft ihre Kinder bei Verwandten und Dienstpersonal. Frauen – und ich spreche jetzt über die Mittelschicht und Oberschicht – vernachlässigen oft wochenlang ihren Haushalt, wenn sie weite Reisen unternehmen, um Verwandte zu besuchen. Einige Frauen studieren im Ausland und lassen ihre Kinder und den Ehemann jahrelang allein. Frauen besuchen sich auch sehr oft gegenseitig, sie gehen zu Nachbarn, Freunden und Verwandten. Was gleiche Rechte anbelangt, so denke ich, daß die meisten sudanesischen Frauen noch nicht fähig sind, gleiche Rechte, wie Männer, richtig zu gebrauchen. Sie würden ihre Rechte nur mißbrauchen. Frauen sollten nur gleiche Rechte bekommen, wenn sie das gleiche wie die Männer in der Gesellschaft beisteuern können.

Was ist deine Meinung über berufstätige Frauen?
Frauen, die neben ihrer Hausarbeit noch andere Arbeit leisten, haben oft große Probleme. Normalerweise haben die Männer nichts dagegen, wenn ihre Frauen berufstätig sind, aber Männer wollen ihre Bequemlichkeit. Zum Beispiel muß das Essen immer fertig sein. Auch wenn plötzlich Gäste kommen, dann soll sofort Essen für die Gäste auf den Tisch. Die Kinder sollen gut erzogen sein und so weiter. Deshalb sind berufstätige Frauen meistens überarbeitet, und die Arbeit wird nicht richtig zu Hause und auch nicht richtig auf der Arbeitsstelle ausgeführt. Wenn eine Frau es sich leisten kann, dann sollte sie zumindest so lange zu Hause bleiben, wie ihre Kinder noch klein sind. Ich glaube, daß eine Frau nur berufstätig sein sollte, wenn sie keine Kinder hat, oder die Kinder schon in die Schule gehen; denn leider gibt es noch nicht genügend Kindergärten für Kleinkinder im Sudan.

Und wenn ich so überlege: warum sollte eine Mutter mit kleinen Kindern sich abrackern, während ihr Mann es sich gutgehen läßt, sie nicht bei der Hausarbeit unterstützt, so daß sie doppelte Arbeit leisten muß. Es müßten zunächst einmal Gesetze geschaffen werden, die arbeitenden Müttern mehr Freiheit für ihre Familie zugestehen.

Wie denkst du über Glauben und Aberglauben?
Ich spreche über den Islam, denn ich bin Muslimin. Nach meiner Auffassung ist die Stellung der Frau im Islam gut festgelegt, und die Frauen haben viele Rechte. Aber viele islamische Gesetze wurden von den Männern, d. h. der Gesellschaft, verdreht und so ausgelegt, wie es der Gesellschaft gerade paßt.

Ich selbst glaube an den »Bösen Blick«. Neid kann schaden. Mißgünstige Frauen können viele Probleme verursachen.

Das »Zar«-Ritual ist eine gute Therapie für Frauen, die daran glauben, und es hilft diesen Frauen dann auch. Momentan benötige ich die »Zar«-Therapie nicht, aber es kann ja noch kommen.

Wie denkst du über Gold und Geld?
Für sudanesische Frauen ist der Besitz von Gold sehr wichtig. Wenn eine Frau in Not ist, dann hat sie das Gold, das ihr über finanzielle Schwierigkeiten hinweghilft. Daher ist es notwendig, soviel wie möglich an Goldschmuck und Goldmünzen zusammenzutragen, damit man einen Rückhalt, etwas für die Tage der Not hat, z. B. bei Krankheit, Tod und Scheidung. Geld verliert den Wert, daher bevorzugen sudanesische Frauen Gold.

Ein Wort über die Männer
Meiner Meinung nach sollten Männer die Frauen mehr respektieren. Mein Mann wurde auf traditionelle Weise erzogen und diese Art der Erziehung bringt es mit sich, daß den Frauen wenig Respekt gezeigt wird. Männer glauben, daß Frauen ihren Befehlen gehorchen müssen, leise und gehorsam sein sollen.

Jüngere Männer sind oft anders. Natürlich gibt es auch unter den jüngeren Männern noch viele, die auf traditionelle Art und Weise erzogen wurden, und sie verhalten sich wie ihre Väter. Viele junge Männer helfen jedoch heute im Haushalt und kümmern sich um ihre Kinder. Sie sind aber noch sehr selten zu finden. Die Erziehung der Kinder liegt normalerweise ganz in den Händen der Mütter und meistens verwöhnen die Mütter ihre Söhne besonders. Der älteste Sohn spielt eine besondere Rolle. Er befiehlt seinen Schwestern und jüngeren Brüdern, und wenn er dann heiratet, so ändert er sich nicht in seinem Verhalten und seine Frau muß ihm gehorchen. Der älteste Sohn wird ein schwieriger Ehemann sein.

Männer, die die Universität besucht haben, wissen wie man bügelt und wäscht, denn während der Studentenzeit mußten sie oft sich selbst versorgen. Aber wenn sie dann heiraten, erwarten sie von ihrer Frau, daß sie die ganze Hausarbeit allein erledigt. Wenn jedoch ein Kind krank ist, dann kümmern die Väter sich sehr um das Kind und unterstützen ihre Frau bei der Pflege. Aber alles hängt von der Persönlichkeit des Mannes ab. Viele Männer sind sehr hilfsbereit und kümmern sich liebevoll um ihre Frau und die Kinder, und andere sind das Gegenteil.

Mein Mann ist traditionell und das Leben ist nicht immer einfach mit ihm.

ZEINAB

***Männer sollten mehr Freiheit als Frauen haben,
so ist es im Leben.***

Zeinab ist eine lebhafte attraktive Frau von 35 Jahren. Mit 17 Jahren wurde sie mit ihrem Vetter, dem Sohn der Schwester ihres Vaters verlobt. Die Verbindung durch Heirat so naher Verwandter wird im Sudan vor allem in den Kreisen der Mittel- und Oberschicht noch heute bevorzugt. Zeinabs Familie gehört zur Mittelschicht.

Am Tage ihrer Verlobung mußte Zeinab die Schule verlassen und in das Haus ihrer zukünftigen Schwiegermutter, ihrer Tante, ziehen. Die Hochzeit fand erst 5 Jahre später statt. Der zukünftige Ehemann, der zu der Zeit in Saudi-Arabien arbeitete, wünschte es nicht, daß Zeinab noch weiterhin die Schule besuchte. Er hielt es nicht für richtig, daß sie sich unbeaufsichtigt in der Öffentlichkeit bewegte. Zeinab fügte sich ohne Aufbegehren, doch später hat sie es oft bereut, die Schule nicht beendet zu haben. Doch zum Zeitpunkt ihrer Verlobung war Zeinab sehr froh und erleichtert, einen guten und ihr bekannten Mann heiraten zu können; denn das Leben ihrer Mutter, einer geschiedenen Frau ohne einflußreiche Familie, wollte sie auf keinen Fall führen.

Zeinabs Mutter Fatma ist eine Kabbabisch. Die Kabbabisch sind Kamelnomaden und leben hauptsächlich in den wüstenähnlichen Regionen von Kordofan. Als Fatma 12 Jahre alt war, verheiratete ihr Vater sie mit dem berühmten »Faki« Hassan, den er auf dem Kamelmarkt von Bara traf und mit dem er sich befreundete.

»Mein Vater hat mindestens sieben Frauen geheiratet«, sagte Zeinab lachend, aber auch mißbilligend. »Wenn er vier Frauen hatte und wollte eine neue Frau, dann ließ er sich von einer scheiden und heiratete die neue. Vier Frauen kann er nach Islamischem Gesetz ohne Probleme heiraten. Probleme entstanden nach der Scheidung für die Frauen und ihre Kinder; denn mein Vater kümmerte sich nicht weiter um seine geschiedenen Frauen und deren Kinder.«

Als Faki Hassan sich von Fatma trennte, und sie mit vier kleinen Kindern allein ließ, war Fatma zu stolz, um wieder zu dem Stamm ihres Vaters zurückzukehren. Sie wußte, daß ihre Kinder dort nicht voll anerkannt würden, denn die Kababish heiraten normalerweise nicht außerhalb des eigenen Stammes. Fatma wurde jedoch von der Familie ihres geschiedenen Mannes unterstützt, zumindest konnte sie dort ihre Kinder unterbringen. So wuchsen Zeinab und ihre Schwester im Hause ihrer zukünftigen Schwiegermutter auf, die soviel Gefallen an den hübschen Mädchen fand, daß sie zweien ihrer Söhne riet, je eines der Mädchen zu heiraten.

Kindheit

Ich liebe meine Mutter sehr, obgleich ich sie als Kind nicht oft sah. Meine Mutter war zu stolz, sich von der Familie ihres geschiedenen Mannes ernähren zu lassen. Sie begann sich selbständig zu machen, lieh sich Geld für einen kleinen Holzkohleofen und einige Stühle und eröffnete eine Teeküche, in der sie auch belegte Brote verkaufte. Das Geld, das sie damit verdiente, reichte aus, sich und meine beiden Brüder zu ernähren. Meine Mutter setzte alles daran, daß mein ältester Bruder die Höhere Schule besuchen konnte. Er ist heute Lehrer. Mein zukünftiger Schwiegervater, der uns Mädchen aufnahm, versprach meiner Mutter, meine Schwester und mich zur Schule zu schicken. Ich ging gern zur Schule, aber meine Schwester war froh, als sie nach der Grundschule aufhören durfte.

Meine Mutter besuchte uns so oft sie konnte und brachte uns kleine Geschenke. Als mein ältester Bruder das Lehrerausbildungsinstitut besuchte, entschied sich meine Mutter, nach Saudi-Arabien zu reisen. Sie nahm meinen kleinen Bruder mit, und nach kurzer Zeit eröffnete sie in Mekka einen kleinen Imbißladen und verkaufte Essen und Getränke an die Pilger. Seit kurzem ist sie aus Saudi-Arabien zurück und brachte viel erspartes Geld mit. Sie baute sich ihr eigenes kleines Haus und unterstützte meinen ältesten Bruder beim Bau seines Hauses. Meiner Schwester und mir schenkte sie Goldschmuck und Haushaltsgegenstände. Ja, meine Mutter ist schon etwas ganz Besonders.

Ehe

Zeinab gleicht ihrer Mutter nicht nur im Aussehen. Sie ist ebenfalls sehr stolz und versucht, aus ihrem schwierigen Leben das Beste zu machen. Nach ihren indirekten Bemerkungen zu urteilen, fühlte sie sich am glücklichsten, als ihr Mann kurz nach der Heirat wieder nach Saudi-Arabien zurückreiste, um dort weiter zu arbeiten. Ein Jahr später wurde das erste Kind, eine Tochter geboren. Zeinab war glücklich, ihr Mann kam für drei Monate in den Sudan, schwängerte sie und reiste wieder ab. Zeinab war damit einverstanden, sie wollte einen Sohn, und zwar so schnell wie möglich. Es wurde aber wieder eine Tochter, und es war nicht der Ehemann, der über die Geburt der Tochter enttäuscht war, denn er liebte Kinder, ob Junge oder Mädchen, sondern Zeinab. Sie wollte keine weiteren Kinder, aus Angst, nochmals ein Mädchen zu gebären. Als ihr Mann wieder auf Urlaub kam, ging sie zur Familienplanung und ließ sich die Pille geben.

Während der Jahre, in denen ihr Mann in Saudi-Arabien arbeitete, mußte Zeinab notgedrungen die Rolle des Haushaltsvorstandes übernehmen. Der Schwiegervater war alt und starb kurz darauf, die Schwiegermutter hatte einen großen Haushalt zu versorgen mit vielen Besuchern. Da sonst kein erwachsener Mann im Haushalt war, mußte Zeinab mit Hilfe eines Dieners den Einkauf erledigen, alle Besorgungen außerhalb des Hauses vornehmen, die Kinder zur Schule bringen, ihre Schwiegermutter bei Besuchen von Verwandten und Nachbarn begleiten. Zeinab war in ihrem Element, alles ging ihr leicht von der Hand, und sie wollte auch ihre Bildung in Abendkursen vervollständigen. Da kam jedoch Protest aus Saudi-Arabien von ihrem Mann. Er versprach ihr, daß sie Abendkurse besuchen könnte, wenn er wieder im Sudan sei. Sie würde jedoch dem Ruf der Familie schaden, wenn sie abends ohne Begleitung das Haus verließe. Ohne Widerrede fügte sich Zeinab dem Wunsche ihres Mannes. Heute ist sie jedoch sehr enttäuscht,da sie auch nach seiner Rückkehr von ihm nicht die Erlaubnis zum Schulbesuch in den Abendstunden erhalten hat, und am Tage hat sie keine Zeit.

Zeinab ist verbittert: Mein Mann hat nach seiner Rückkehr aus Saudi-Arabien keine Arbeit bekommen. Es geht uns finanziell nicht gut, und ich kann nur mit Nähen in Heimarbeit etwas dazuverdienen. Hätte ich nur eine gute Ausbildung, dann könnte ich eine Stellung bekommen und Geld verdienen.

Ich bin auch unglücklich über mein drittes Kind, es ist wieder ein Mädchen. Nach der Geburt habe ich 3 Tage geweint, aber jetzt liebe ich die Kleine und verwöhne sie zu sehr.

Du hast einen nahen Blutsverwandten geheiratet: Glaubst du, daß der Ehepartner aus der gleichen Familie stammen sollte?

Nein, daß finde ich nicht notwendig. Es kommt eben darauf an, wo man einen Partner findet, ob in der Familie oder außerhalb der Familie. Aber ich denke, daß es vielleicht gut wäre, wenn der Partner nicht aus derselben Familie stammt, da das nahe Zusammensein einer großen Familie oft zuviel Druck sein kann. Ich meine damit, daß das ewige gegenseitige Besuchen und zu naher Kontakt nicht immer gut sind. Ich glaube, das beste sind Liebesheiraten, ob der Partner nun von der gleichen Familie ist oder nicht, das spielt dabei keine Rolle. Wenn sich die Partner lieben, dann haben sie ein besseres Verständnis füreinander.

Scheidung und Polygamie?

Wenn mein Mann eine zweite Frau heiraten wollte, dann würde ich um eine Scheidung bitten. Denn mit seinem Wunsch, nochmals zu heiraten, signalisiert er mir, daß er nicht mit mir glücklich ist. Ich würde keine zweite Frau akzeptieren. Und ich finde es auch nicht richtig, wenn ein Mann mehr als zwei Frauen hat. Ich sehe das Unglück bei meiner Mutter.

Stellung der geschiedenen Frau

Eine geschiedene Frau wird in unserer Gesellschaft normalerweise respektiert. Aber die Leute beobachten sie und fragen sich, was wohl der Grund für die Scheidung gewesen sei. Geschiedene Frauen erregen immer das Interesse der Gesellschaft, und es ist besser, wenn sie so schnell wie möglich wieder heiraten. Aber einige Frauen kommen sehr gut ohne Mann zurecht. Meine Mutter ist ein gutes Beispiel. Mein Vater ließ sich von ihr scheiden, als mein ältester Bruder, meine Schwester und ich fast erwachsen waren, aber sie war mit meinem jüngsten Bruder schwanger. Mein Vater wollte eine jüngere Frau heiraten, so mußte er sich von einer seiner vier Frauen scheiden lassen, und diesmal war es meine Mutter.

Würde bessere Bildung Frauen helfen?

Ja, das würde helfen. Alle Mädchen sollten die gleiche Ausbildung wie Jungen bekommen. Mädchen sollten auch die Möglichkeit haben zu studieren. Ich wünschte, ich hätte die Möglichkeit gehabt, meine Schulausbildung zu beenden, dann wäre unsere finanzielle Lage heute nicht so schlecht, denn ich könnte arbeiten. Ich weiß, daß ich einen guten Beruf ausüben könnte, denn ich war sehr gut in der Schule, aber als ich mich verlobte, mußte ich die Schule aufgeben, und das bereue ich heute sehr. Wenn meine Kinder älter sind, dann besuche ich die Tagesschule. Das ist mein Ziel.

Sollten Männer mehr Freiheit und Rechte haben als Frauen?
Ja, ich glaube, daß Männer mehr Freiheit als Frauen haben sollten, weil das so sein muß. Aber einige Männer sind große Despoten, und ich finde das nicht gut. Doch solche Männer sind selten. Die meisten Männer respektieren die Frauen sehr. So ist das Leben und so steht es im Koran.

Doch Frauen sollten nicht die gleichen Rechte wie die Männer haben, denn das ist gegen die Religion und gegen die Tradition im Sudan.

Stellung der Frau
Ich kann nur für die Stellung der Frau im Islam sprechen. Der Islam ist natürlich die einzige und beste Religion, die ich kenne. Ich bin Muslimin, und die Stellung der Frau im Islam ist gerecht. Der Islam bringt den Frauen viele Vorteile, und wenn es zu Konflikten kommt, dann geben die Gesetze den Frauen viele Rechte.

Der »Böse Blick« und »Zar«
Ich glaube an beides. Es gibt viele eifersüchtige und böse Menschen, und sie könnten den »Bösen Blick« auf meine oder andere Kinder werfen, oder auf ähnliche Dinge, die man gern hat. Man kann sich davor mit einem »hijab« schützen.

Den »Zar« finde ich sehr gut, denn bei Problemen kann man zu einer »Zar«-Feier gehen und darüber mit anderen Frauen sprechen. Ich bin oft zu »Zar«-Zeremonien gegangen, aber ich habe nie aktiv daran teilgenommen. Meine Probleme sind nicht groß genug für eine aktive Teilnahme. Aber ich mag die Atmosphäre und die Musik bei einem »Zar«, und es ist eine Möglichkeit, andere Frauen zu treffen. Geschiedene Frauen sind oft regelmäßige »Zar«-Besucherinnen.

Kinder

Ich habe drei Mädchen, und sie sollen die gleiche Ausbildung erhalten wie Jungen. Ich möchte so gern einen Sohn haben, aber ich habe Angst, daß mein viertes Kind wieder ein Mädchen wird. Deshalb habe ich mich entschlossen, keine Kinder mehr zu bekommen. Man braucht viel Geld, um seinen Kindern eine gute Ausbildung geben zu können. Schulbücher, Schuluniformen, Schuhe, Kleidung... alles kostet viel Geld, und da genügen drei Kinder.

Ich möchte, daß meine Kinder unabhängig werden; ich meine damit, daß sie selbständig werden und sich selbst versorgen können. Als meine erste Tochter geboren wurde, habe ich die Placenta in eine Plastiktüte getan und meinem Neffen, der Student an der Khartoum-Universität war, gegeben. Ich bat ihn, die Placenta auf dem Gelände der Universität zu vergraben, und er hat es getan. Ich bin jetzt sicher, daß meine Tochter einmal Studentin der Universität sein wird. Bildung ist wirklich das Beste, was Eltern den Kindern geben können, besonders den Mädchen. Nur so können sie unabhängig werden. Wenn ein Mädchen eigenes Geld verdient, dann braucht es nicht den erstbesten Mann zu heiraten, der ihm von der Familie vorgeschlagen wird. Ein Mädchen, das finanziell unabhängig ist, braucht gar nicht zu heiraten, falls es nicht den Mann findet, den es wirklich heiraten will. Ich hoffe nur, daß alle meine drei Mädchen die Universtität besuchen werden; das ist mein Ziel und ich arbeite dafür.

Weibliche Beschneidung

Meine Mutter hat mich auf die pharaonische Art beschneiden lassen und das war ganz schrecklich. Ich erinnere mich an die Schmerzen, und auch heute habe ich viele Probleme durch die Beschneidung. Ich hatte große Probleme bei der Heirat und bei jedem Kind leide ich sehr. Deshalb habe ich mich entschlossen, daß meine Töchter nicht beschnitten werden sollen. Aber was passierte? Als meine beiden ältesten Töchter sechs und acht Jahre alt waren, kamen sie jeden Tag zu mir und fragten mich, wann sie denn nun endlich beschnitten würden. Sie sagten, daß alle ihre Freundinnen schon beschnitten seien und dabei seien große Feste gefeiert worden. Sie würden von den Mädchen ausgelacht, weil sie noch nicht beschnitten seien. Meine Töchter weinten. Und als dann mein

Mann und meine Schwägerinnen meinten, daß meine Töchter krank im Kopf würden, gab ich nach. Aber ich habe nur die ganz leichte Form der Beschneidung machen lassen, die »Sunna«. Hier sind Fotos vom Tag der Beschneidung und ihre lachenden Gesichter beweisen, daß sie keine Schmerzen hatten. Ich hatte auch Angst, daß eine der älteren Verwandten meine Kinder eines Tages zu einer Beschneiderin nehmen würden, die dann bestimmt die pharaonische Beschneidung gemacht hätte. So habe ich mich entschieden, wenn es nun sein muß, dann sollen meine Kinder die Beschneidung bekommen, die am wenigsten Schmerzen bereitet. Es ist mir nicht leicht gefallen, aber die Tradition ist noch zu einflußreich.

Wichtigkeit von Gold und Geld

Geld ist sehr wichtig. Man sollte immer etwas Erspartes für schlechte Tage haben. Aber wir haben keine Ersparnisse, weil mein Mann seit langer Zeit ohne Arbeit ist. Wir werden von der Großfamilie unterstützt.

Gold ist zur Dekoration. Es ist schön, aber nicht wichtig. Es sei denn, daß Gold verkauft werden kann, wenn man Geld benötigt. Es ist wichtig, selbst Geld zu verdienen, damit man niemanden darum bitten muß. Ich nähe etwas, um meine Familie zu unterstützen. Aber mein heimlicher Wunsch ist es, meine Ausbildung zu beenden und dann die Universität zu besuchen. Meine Töchter sollen es besser haben als ich, und ich werde alles daran setzen, daß sie eine gute Ausbildung erhalten. Mein einziges Ziel im Leben ist, für eine bessere Zukunft meiner Kinder zu arbeiten.

FARIDA

Meine Kusine und ich, wir waren Pioniere.

Farida ist Anfang vierzig, attraktiv, schlank und sehr aktiv. Sie ist mit ihrem Vetter verheiratet und Mutter von drei Kindern. Farida sieht aus wie die ältere Schwester ihrer Tochter, jung und dynamisch. Farida ist nicht nur berufstätig und da ihr Mann sehr oft abwesend ist, ist sie verantwortlich für ihre Großfamilie. Ihr Haus in Khartoum ist fortwährend überfüllt mit Verwandten, die aus dem Heimatdorf am Nil kommen, um in der Hauptstadt zu studieren, Arbeit zu finden oder einen Arzt aufzusuchen.

Faridas Familie stammt aus der Nordprovinz und sie und ihre Kusine waren die ersten Mädchen der Familie aus dem kleinen Nildorf, die nach der Grundschule die Oberschule besuchen durften. Farida hat einen Hochschulabschluß und arbeitet jetzt an der Universtität Khartoum als Bibliothekarin. Außerdem ist sie ehrenamtlich in vielen Frauenentwicklungsprojekten und der Frauenbewegung tätig.

Kindheit

Meine Kusine und ich waren Pioniere, denn wir waren die ersten Mädchen unserer Familie, die nach der Grundschule sich weiterbilden durften. Es war wirklich eine große Entscheidung für unsere Eltern, als sie sich entschlossen, uns zur Mittelschule gehen zu lassen. Aber mein Onkel, der Vater meines späteren Mannes, war Lehrer, und er bestand darauf, daß wir weiterlernen.

Wir lebten natürlich immer noch in einem Internat. Nach 2 Jahren Studium an der Universität Khartoum habe ich geheiratet und bin dann mit meinem Mann ins Ausland gegangen und habe dort mein Studium beendet. Meine Kusine hat zuerst ihr Studium beendet, dann geheiratet, fünf Kinder bekommen, und nun arbeitet sie bei einer Bank. An einem Beispiel möchte ich klar machen, wie auch Jungen unter dem Druck der Gesellschaft zu leiden haben. Während meine Kusine und ich die Oberschule besuchten, war einer unserer Vettern ebenfalls auf der Oberschule. Seine Familie drängte ihn die ganze Zeit, besser zu sein als wir Mädchen. Er als Junge mußte besser sein. Er war dadurch so unter Spannung, daß er die Aufnahmeprüfung für die Universität nicht bestand. Er hätte im nächsten Jahr wiederholen können, aber er verließ die Schule und wanderte nach Libyen aus. Er ist heute noch dort. Es war eine sehr schwierige Erfahrung für ihn. Es wurde von ihm verlangt, besser zu sein als die Mädchen, und als er versagte, konnte weder seine Familie noch er selbst dies akzeptieren. Darum ging er weg und veränderte sein Leben vollständig.

Ehe

Eigentlich hatten mein Mann und ich uns schon geeinigt zu heiraten. Aber wir wagten nicht, es der Familie zu gestehen. Es war dann sein Vater, der die Ehe vorschlug, und mein Vater akzeptierte. Wir kannten uns gut. Der größte Teil der Kindererziehung liegt im Sudan in den Händen der Frauen. Wenn die Männer sich mehr um die Kinder kümmern, oder im Haushalt helfen würden, wäre das eine große Hilfe für die Frau. Dann wäre die sudanesische Art des Lebens gut, aber wenn man alles der Mutter überläßt, ist es einfach zuviel für eine Person. Vor allem, wenn die Frau noch berufstätig ist.

In den ländlichen Gegenden ist es einfacher, denn dort lebt die Großfamilie zusammen und alle unterstützen sich gegenseitig. Aber wir leben hier in der Stadt sehr weit entfernt von der Großfamilie, und ich habe nicht nur unsere eigene Kleinfamilie zu versorgen, sondern wir haben noch viele Besucher aus unserem Dorf, die alle hier bei uns wohnen.

Verhalten der Männer gegenüber Frauen und Beruf

Ich kenne viele berufstätige Frauen, die sich fragen, ob es die ganze Sache wert ist, zu arbeiten und den ganzen Haushalt zu versorgen. Wenn man nicht genügend Geld hat, eine gute Haushälterin oder einen Diener anzustellen, dann macht man sich kaputt. Und die meisten von uns können sich keine Haushilfe mehr leisten, die LS 300,- im Monat oder mehr verdienen will. Die Mehrzahl der Mittelklassefamilien haben große Häuser, viele Kinder und viele Besucher. Alles lastet auf der Hausfrau. Unsere Männer sind keine Hilfe. Es ist alles sehr schwierig. Die Männer helfen vielleicht bei kleinen Dingen, die nicht viel Zeit in Anspruch nehmen, aber sie möchten nicht, daß ihre Freunde sehen, wenn sie im Haushalt helfen.

Als wir in den Vereinigten Staaten lebten, hat mich mein Mann im Haushalt unterstützt, aber sobald wir wieder im Sudan waren, hat er damit aufgehört. Er kann sich selber Tee kochen, aber wenn Freunde kommen, um ihn zu besuchen und ich nicht zu Hause bin, dann wird er nie daran denken, für sich und seine Freunde Tee zu kochen. Sie warten dann, bis ich nach Hause komme.

Sogar mein Sohn wird sich, wenn er erst die Oberschule besucht, verändern. Er wird sich genau so verhalten wie sein Vater. Außerhalb des Hauses geben die Männer sich gern modern. Sie begrüßen den veränderten Status der Frauen. Aber zu Hause vergessen sie alles und verhalten sich wie ihre der Tradition verbundenen Großväter. Männer geben vor, die Veränderungen im Sudan zu akzeptieren, aber das ist nur Gerede. Im Sudan wird sich für lange Zeit gar nichts ändern.

Großfamilie

Eine Großfamilie ist sehr schön und gut, man schützt und unterstützt sich gegenseitig. Auf dem Lande und in großen Häusern der Stadt ist eine Großfamilie ein Segen, denn im Haushalt können sich die Frauen die viele Arbeit teilen.

Großfamilien können jedoch zu einem Problem werden, wenn man wie ich allein für den Haushalt verantwortlich ist. In Khartoum ist es heutzutage nicht leicht, Hilfe im Haushalt zu finden und die Hausangestellten verlangen sehr hohe Löhne, die normal verdienende Sudanesen sich nicht mehr leisten können. Daher gehen die guten Haushaltshilfen zu den Ausländern, die hohe Löhne bezahlen können. Ich kann froh sein, wenn ich jemanden bekomme, der die Wäsche macht und das Haus reinigt. Doch die Angestellten für niedrigen Lohn sind unzuverlässig und ich stehe meistens mit der ganzen Arbeit allein da.

Und dann kommen die Verwandten der Großfamilie zu Besuch, und wie erschöpft ich auch immer sein mag, ich muß die Gäste versorgen und darf meine Müdigkeit nicht zeigen oder mich beschweren. Das wäre eine Beleidigung und unakzeptabel. Denn wenn wir unsere Verwandten dann in unserem Heimatdorf besuchen, dann öffnen sie ihre Türen weit und verwöhnen uns. Deshalb muß ich die Verwandten ohne zu murren aufnehmen und versorgen, das ist unsere Tradition.

Gäste bleiben oft wochenlang, manchmal Monate (Farida lacht etwas hilflos). Oft kommen sie, weil sie krank sind und dann muß ich sie zum Arzt oder ins Krankenhaus fahren. Manchmal sind es 30 Gäste aus der Großfamilie, manchmal sind es nur 5, die alle bei uns übernachten und essen. Als permanente Hausgäste wohnen bei uns zwei Kusinen, mein Bruder und mein Schwager und zwei Nichten, die in Khartoum zur Schule gehen und im Internat leben. Aber die beiden Mädchen kommen am Wochenende, um ihre Wäsche zu waschen. Am Wochenende kommen dann immer noch viele andere Nichten und Neffen zu Besuch. Und ich muß sehen, daß alle versorgt sind. Obgleich einige der Mädchen mir schon mal helfen, so ist es doch eine große Belastung.

Bildung für Mädchen

Die Bildungsmöglichkeiten für Mädchen haben sich in den letzten Jahren verbessert. Es hat sich gezeigt, daß Mädchen bessere Ergebnisse an den Hochschulen bringen. Das Problem beginnt jedoch, wenn die Mädchen heiraten. Eine verheiratete Frau wird bei ihrer Arbeitsstelle oft abwesend sein oder zu spät kommen. Wie ich schon erwähnte, ist eine verheiratete Frau großen Belastungen ausgesetzt, wenn sie neben ihrem Beruf noch für Familie und Haushalt verantwortlich ist. Von ihr wird mehr erwartet, als sie handhaben kann. Wenn eines der Kinder krank wird, dann zieht sich der Mann an und geht zur Arbeit, und was bleibt dann der Frau übrig?

Es ist also nicht damit getan, die Bildung der Mädchen voranzutreiben, sondern es müssen auch gleichzeitig Möglichkeiten in Betracht gezogen werden, die es den Frauen und Mädchen dann auch erlauben, ihre Bildung einzusetzen. Sie müssen entlastet werden im Haushalt und bei den Kindern. Aber diese Probleme haben ja noch nicht mal die Länder der sogenannten »Ersten Welt« in den Griff bekommen. Frauen haben überall zu kämpfen.

AISHA

Ich hatte das große Glück, einen sehr fortschrittlichen Vater zu haben.

Aisha ist eine kleine, gut aussehende etwa 55jährige Frau. Sie wirkt sehr ruhig und ausgewogen und man spürt ihre innere Stärke und Wärme. Nach strenger islamischer Art kleidet sie sich in lange, den Körper bedeckende Kleider und bedeckt ihr Haar mit einem Schal. Mit 30 Jahren verlor Aisha plötzlich und unerwartet ihren Mann. Sie ist unverheiratet geblieben und hat ihre fünf Kinder allein aufgezogen. Aisha ist Mitbegründerin der sudanesischen Frauenbewegung. Sie ist Angestellte der Universität und in vielen Ausschüssen für Frauenproblematik aktiv tätig. Viele Souvenirs in ihrem kleinen, gemütlichen Haus zeugen von ihren vielen Reisen im In- und Ausland.

Kindheit

Meine Eltern sind Nordsudanesen. Mein Vater stammt von den »Bideiriya-Damashiya« und die Familie meiner Mutter stammt von den »Kararish«, die zur Hälfte im Sudan und zur Hälfte in Ägypten leben. Die Familie meines Vaters kam mit dem Mahdi* nach Omdurman. Ich bin aber nicht in Omdurman aufgewachsen.

Mein Vater war noch unter der britischen Kolonialverwaltung ein »Marmour« – Vertreter des Bezirksverwalters – und er wurde von einer Region zur anderen versetzt. Wir lebten in der Blue Nile- und Nordprovinz, Kordofan und Darfur. Das hat mir ein tiefgreifendes Wissen über den Sudan gegeben. Ich habe viel von meinem Land gesehen.

Erziehung und Ausbildung

Ich bin ein mutterloses Kind. Meine Mutter starb, als ich sieben Monate alt war, aber ich hatte das große Glück, einen sehr progres-

* Religiöser Freiheitskämpfer, der Ende des vorigen Jahrhunderts erfolgreich gegen die englische Kolonialherrschaft kämpfte.

siven Vater zu haben, der sogar zur damaligen Zeit nicht an Unterschiede in der Erziehung zwischen Mädchen und Jungen glaubte. Und von Anfang an hat er mich wie einen Jungen behandelt. Er hat mich gelehrt, Pferde zu reiten. Er hat mich zum Tennisspielen mitgenommen, und er hat mich in dieser fremden Art erzogen, die völlig unüblich zu der Zeit war, und das kam so: Mein Vater arbeitete als Verwalter in der Regierung und hatte viele englische Freunde, und als ich älter wurde, wünschte er, daß ich mich wie ein kleines europäisches Mädchen benehmen sollte. Er schickte mich in die katholische Schwesternschule, und am Nachmittag besuchte ich die Frauen der britischen Kolonialverwalter. Manchmal zeigten sie mir, wie man einen Tisch deckt und andere Dinge, die mein Vater »damenhaft« nannte.

Mein Vater war ein sehr fortschrittlicher Mann und war sehr lieb zu mir, und obgleich ich mit meiner Stiefmutter lebte, habe ich seine Liebe und seinen Schutz immer gespürt. Ich möchte ein Beispiel erzählen, das seinen Fortschritt zeigt. Zu der Zeit wurde in der Katholischen Schwesternschule im Fach Religion nur die Bibel und der Katechismus gelehrt. In der Religionsstunde wurden alle Muslimkinder auf den Schulhof geschickt, wo sie spielten oder einfach herumschlenderten. An einem Tag kam mein Vater, der damals Verwalter der Stadt war, mit Besuchern in die Schule, und er sah mich im Hof. Er sagte in diesem Moment nichts, aber als ich von der Schule nach Hause kam, rief er mich und fragte, weshalb ich im Hof gestanden hätte. »Bist du bestraft worden, hast du etwas falsch gemacht?« Ich antwortete: »Nein, Vater, das war die Zeit des Katechismus. Wir Muslimkinder nehmen nicht an diesen Stunden teil.« Er antwortete: »Meine Tochter, bist du ein gutes Muslimmädchen? Ist deine Religion eine Legende? Nein! Du gehst jetzt in die christliche Klasse und lernst etwas über eine neue Religion!« Und somit wurde ich das erste Muslimmädchen, das christliche Religion mit den christlichen Mädchen der Schule lernte. Ich habe etwas über ihren Katechismus gelernt, über ihre Moralbegriffe, und es hat mir sehr genützt; denn es hat meinen Geist erweitert und gab mir eine gründliche Basis für mein späteres Wissen. Ich habe es niemals bedauert. Mein Vater war ein sehr mutiger Mann.

Ich war das einzige Kind meiner Mutter, aber ich habe zwei Halbschwestern, die Kinder meiner Stiefmutter. Am Anfang haben wir nicht zusammengelebt, aber später wohnten wir in einem Haus. Mein Vater hat uns alle gleich behandelt, und er glaubte an die Wichtigkeit der Bildung. Er schickte uns auf die Höhere Schule, und zwei von uns haben die Universität besucht. Mein Vater hatte nur Töchter, aber er war sehr stolz auf uns, und er sagte oft zu seinen Freunden: »Meine Mädchen sind viel klüger als eure Jungen.« Das war sehr unüblich, und sogar heute noch erinnern sich Leute an diesen Satz. Er war sehr tolerant, obgleich er aus einer sehr religiösen Familie kam.

Bildung

Wir waren die ersten Mädchen aus Staatsschulen, die zur Universität gingen. Wir kamen von der ersten staatlichen Höheren Schule für Mädchen im Sudan, die in Omdurman war. Der Abschluß war das Cambridge-Examen, und drei von uns waren gut genug, um in die Khartoum-Universität aufgenommen zu werden. Ich war eines der drei Mädchen. Alle sudanesischen Zeitungen haben über uns geschrieben, und es herrschte ein großes Interesse und Neugier, ob wir nun die Universität besuchen durften oder nicht. Aber wir wurden an der Universität Khartoum aufgenommen. Es war eigenartigerweise Babiker Bedri (s. Absatz Bildung), der die ersten Mädchenschulen im Sudan eröffnet hatte, der aber gegen unsere Universitätsaufnahme war. Sein Argument war, daß die sudanesischen Jungen gerade Universitätsreife erreicht hätten, und daß die Mädchen warten sollten, bis die ersten Jungen den Universitätsabschluß hinter sich gebracht hätten. Die Mädchen sollten etwas hinter den Jungen sein. Er sagte, es sei wegen der männlichen Überlegenheit. Das entspricht der allgemeinen Ansicht der sudanesischen Männer. Die männliche Überlegenheit wird nicht angezweifelt, und Jungen sollten eine bessere Bildung als Mädchen erhalten.

Es gab auch Männer, die unsere Universitätsbildung begrüßten, z. B. Männer von den Zeitungen wie Atabani und Ahmed Yousif Hashim, und ich glaube, daß die allgemeine sudanesische Öffentlichkeit stolz auf uns war. Wir Mädchen hatten ein Ziel erreicht, und wir waren in den Schlagzeilen. Das war Ende der 40iger Jahre.

Wie stehst du zur weiblichen Beschneidung?
Ich erinnere mich, daß mein Vater gegen die Beschneidung war, aber ich wurde beschnitten, als ich sehr, sehr jung war. Es wurde mir erzählt, daß mein Vater aus diesem Anlaß zu meiner Großmutter, seiner Mutter, sagte: »Wenn du mir nicht sagst, wer die Frau ist, die das meiner Tochter angetan hat, dann werde ich dich ins Gefängnis bringen.« Er war sehr fortschrittlich, aber als er eines Tages von seinem Büro nach Hause kam, fand er mich im Bett, und er soll sehr, sehr böse zu seiner Mutter gewesen sein. Aber es war geschehen. Er hatte es nicht verhindern können.

Ich selbst kann mich kaum an etwas erinnern. Ich erinnere mich nur noch daran, daß sie mir die Beine zusammen geschnürt hatten. Vielleicht taten sie es, weil ich mich als Kind zuviel bewegen würde. Sie schnürten meine Beine so eng zusammen, daß die Schnur in mein Fleisch schnitt. Als sie die Schnüre abnehmen wollten, mußten sie mich ins Krankenhaus nehmen, und bis heute sind Narben zu sehen. Meine Tochter habe ich nicht beschneiden lassen. Aber eigenartigerweise, als sie etwa fünf Jahre alt war, kam sie zu mir und sagte: »Die Mädchen werden mich necken und hinter mir herrufen. Warum bin ich nicht beschnitten?« Ich sagte ihr, daß wir eine sehr große Geburtstagsfeier für sie veranstalten würden, denn sie liebte die Feste, die im Zusammenhang mit der Beschneidung stattfinden. Aber damit war sie nicht zufrieden. Und dann bat ich eine Hebamme, so zu tun, als ob sie meine Tochter beschneiden würde, so daß das Kind annahm, sie sei beschnitten worden. Wir haben dann auch alle die Dinge gemacht, die mit einer Beschneidung einhergehen. Wir haben einen Hammel geschlachtet, doch wir haben nicht die »Henna«-Verzierungen gemacht, denn ich persönlich mag sie nicht. Bei dem Fest wurden dann zwei meiner Söhne beschnitten. Meine Tochter ist mir heute sehr dankbar. Sie ist Ärztin und ihr Mann ist Arzt.

Du hast einen Verwandten geheiratet, weshalb?
Ja, ich habe meinen Vetter geheiratet; denn damals hatten wir keine Möglichkeit, Männer außerhalb der Verwandtschaft kennenzulernen. Ich hatte keine Möglichkeit, mit einem Studienkollegen an der Universität näher bekannt zu werden. Meinen späteren Mann kannte ich vor der Ehe, da er ein Verwandter war, und es wurde eine

gute Ehe. Ich wußte, er war gebildet, und ich wußte, was eine Ehe mit sich bringt und daß sie nur ein Erfolg sein wird, wenn man den Partner kannte. Und zu meiner Zeit war das Kennenlernen nur möglich, wenn man einen nahen Verwandten heiratet; denn man durfte ihn vor der Ehe treffen und mit ihm reden. Und dann haben wir geheiratet und sind nach England gegangen, da er dort studierte. Er war der erste Sudanese, der nach England gesandt wurde, um dort weitere Studien zu absolvieren. Nach unserer Rückkehr aus England haben wir unsere Familie begonnen. Der letzte Sohn wurde nach dem plötzlichen, tragischen Tod meines Mannes geboren.

Du wurdest sehr früh Witwe?

Ja, ich hatte gerade meinen 30. Geburtstag am 4. Juni gefeiert, und mein Mann starb plötzlich am 19. Juni. Er war niemals krank gewesen. Der Tod kam überraschend, schnell und erschütternd. Ich war nicht vorbereitet auf eine Tragödie wie den Tod meines Mannes. Da ist jemand, und ein paar Stunden später ist er nicht mehr da. Und hätte ich nicht so einen starken Glauben an Gott, dann hätte ich es nicht geschafft. Aber ich glaube an Gott, und das hilft mir mehr als alles andere auf der Welt. Wenn du dich auf Gott verläßt, dann gibt er dir Frieden und Trost; denn Gott ist stark und verläßlich.

Natürlich habe ich meine ganze Zeit meinen Kindern gewidmet. Vielleicht hat mir das auch geholfen, diese Tragödie zu bewältigen. Wie ich schon vorher sagte, bin ich ein mutterloses Kind. Ich wurde von meiner Großmutter erzogen, die starb, als ich 11 Jahre alt war, und dann mußte ich mit einer Fremden leben, meiner Stiefmutter. Und obgleich ich zwei Halbschwestern hatte und wir immer zusammen waren, ist das Leben nicht so wie mit der eigenen Mutter. In meiner Kindheit hatte ich ein ziemlich schwieriges Leben unter meiner Stiefmutter.

Warum hast du nicht wieder geheiratet?

Ich hatte Angebote, wieder zu heiraten. Einige Leute, die sehr enge Freunde meines Mannes waren, kamen in mein Haus und sahen, wie ich mein Haus und die Kinder in Ordnung hielt. Und sie dachten, daß ich all das nochmal machen würde in einem anderen

Haus. Aber ich hätte das niemals tun können, obgleich meine Schwestern und meine Familie immer wieder sagten, ich sei noch zu jung für eine Witwenschaft, und im Islam sei dies nicht erlaubt, ich müßte wieder heiraten. Aber ich hatte mich entschlossen, als die Wunde noch nicht verheilt war, gleich nach dem Tod meines Mannes. Ich habe überlegt, ob ich meine Kinder allein großziehen könnte, oder ob es besser wäre, wieder zu heiraten? Ich habe dies innerlich verarbeitet und bin zu dem Entschluß gekommen, daß ich nicht wieder zu heiraten brauchte. Ich hatte mich für keinen leichten Weg entschieden. Es ist sehr schwierig, Beruf, Haushalt und Mutterrolle zu vereinigen. Es war wirklich sehr hart, aber mit Disziplin und Routine im Haushalt haben meine Kinder und ich unser Leben gemeistert.

Wie denkst du über Scheidung?
Ich bin gegen die Scheidung und ich glaube, daß Scheidung nicht gut ist. Ausgenommen sind Krankheitsfälle, dann kann man es verstehen. Ich meine, wenn einer der Partner geistig krank ist. Aber sich wegen einer Geringfügigkeit scheiden zu lassen, nur weil man das Recht hat, es zu tun, das finde ich unmöglich. Nicht einmal der Koran erlaubt das.

Was hälst du von Polygamie?
Wenn man den Text sorgfältig liest, dann sagt der Koran, daß ein Mann eine, zwei, drei oder vier Frauen heiraten kann, wenn er gerecht gegen alle Frauen ist. Aber ich glaube nicht, daß ein Mann jeder Frau gerecht sein kann, denn der Koran spricht von Empfindsamkeit und Liebe. Es ist jedoch nicht möglich, daß ein Mann von 60 Jahren, der ein jüngeres Mädchen heiratet, gegenüber seiner ersten älteren Frau genau so empfindet. Er kann die alte Frau nicht so lieben wie die junge, und er kann nicht gerecht sein, und daher erlaubt der Koran diese Ehe nicht. Diese Sachen sind bekannt, und ich hoffe, daß ich es noch erleben werde, daß der Koran richtig ausgelegt wird; denn bei richtiger Auslegung wird es keine zweiten, dritten oder vierten Frauen geben.

Berufstätigkeit
Ich hatte wenig Probleme, berufstätig zu sein. Die Leute hier im

Sudan waren sehr nett und hilfsbereit und halfen mir, wo immer sie konnten. Die Schwierigkeit bei mir war, daß ich nicht bei meiner Familie wohnte, nachdem mein Mann gestorben war. Trotz der Tatsache, daß jeder mir sein Haus öffnete, und daß mein Großvater ein großes Haus in Omdurman besitzt, entschied ich mich, hier in unserem Haus, gemeinsam mit meinen Kindern, wohnen zu bleiben. Ich habe einen vertrauenswürdigen alten Wachmann, der schon bei uns wohnte, als mein Mann noch lebte. Er blieb bei mir und hilft mir. Es war ein sehr harter Entschluß, und niemand hat mich unterstützt. Jeder sagte mir, daß ich nicht alleine leben könne, daß es schwierig würde. Es war sehr schwierig, aber es passierte nichts, und ich blieb allein und widmete meine ganze Zeit und mein Wissen meinen Kindern.

Gesellschaftsleben

Eines habe ich völlig vernachlässigt, das Gesellschaftsleben. Ich verlasse das Haus niemals, nur wenn ich zur Arbeit gehe. Über 10 Jahre bin ich zu keiner Veranstaltung gegangen. Ich gehe nur zu meiner Arbeit an der Universität, und ich bin damit völlig ausgelastet, bis es Zeit ist nach Haus zu gehen. Jetzt bin ich meinen Freunden und Kollegen entfremdet. Und jetzt, wo ich Zeit hätte, da meine Kinder erwachsen und teilweise schon verheiratet sind, kann ich mein Gesellschaftsleben nicht wieder aufnehmen, da zu viele Jahre vergangen sind. Aber ich habe einige gute Freunde, die kommen mich besuchen, und sie sind mir nicht böse, wenn ich den Besuch nicht erwidere. Ich gehe auch heute kaum zu irgendjemanden außer zu meinen Kindern.

Die sudanesische Frauenbewegung

Ich begann mit der Fürsorge für sudanesische Frauen mit etwa 14 Jahren, als ich die unwissenden Mädchen in meiner Familie sah. Sie konnten weder lesen noch schreiben. Aber ich konnte zur Schule gehen und Geschichten lesen. Ich kannte den Koran besser als meine Kusinen, die nur wie Papageien die Verse wiederholten. Ich sah das alles ganz klar, und die Mädchen taten mir leid.

Als dann Fatma Tayib fragte, ob ich helfen würde, die Frauenbewegung zu gründen, war ich voller Enthusiasmus und habe sofort mitgearbeitet. Ich war sehr jung und noch in der Oberschule, als ich mit der Frauenarbeit begann. Wir haben Frauen in Hauswirtschaft unterrichtet, z. B. Haushaltsgeldverwaltung, Hygiene, und manchmal haben wir ihnen auch das Lesen und Schreiben beigebracht. Aber da das Letztgenannte ein langer Prozeß war, haben wir uns zunächst auf das konzentriert, was den Familienstandard verbesserte.

Nachdem ich selbst eine Familie hatte, begann ich Artikel in Zeitungen zu schreiben. Ich hatte eine Frauenseite und das Motto dieser Seite war: »Ehemann, würden Sie bitte diese Seite ihrer Frau vorlesen!«

Ich schrieb Artikel über Ernährung, Hygiene, Psychiatrie, doch mußte ich mir das meiste aus Büchern anlesen, da es nicht zu meiner Bildung und Erfahrung gehörte. Aber ich habe über Sachen geschrieben, von denen ich glaubte, daß sie Frauen interessieren und helfen würden.

Was wir, die Vorhut der Frauenbewegung, damals gemacht haben, wird heute von niemandem gemacht. Vielleicht bin ich nicht ganz fair, langsam beginnt auch heute wieder die Verantwortung der gebildeten Frauen für ihre ungebildeten Schwestern. Wir haben damals z. B. einen harten Kampf gegen die weibliche Beschneidung geführt. Heute sind die Frauen nicht interessiert, das weiter zu verfolgen. Heute kämpft kaum jemand gegen die weibliche Beschneidung. Ich kenne viele, z. B. meine Schwester, und andere gebildete Frauen, die ihre Töchter nicht beschneiden lassen, aber die weibliche Beschneidung breitet sich weiterhin aus, wie es damals zu meiner Zeit geschah. Niemand spricht darüber, und weshalb nicht? Weil die Person ins Gefängnis müßte, da es seit 1946 ein Gesetz gibt, das die pharaonische Beschneidung verbietet. Daher wird nicht darüber gesprochen. Oft passiert es so wie bei mir, hinter dem Rücken des Vaters. Aber es geht ein überzeugendes Gerücht um, daß die sudanesischen Männer auch für die weibliche Beschneidung sind. Und ich glaube jetzt auch, daß es Wahrheit ist; denn wenn sie nicht für die Beschneidung wären, dann hätten sie sie schon bekämpft. Ich glaube jetzt, daß sudanesische Männer die Beschneidung unterstützen. Ich habe von ägyptischen und anderen arabischen Frauen gehört, die nicht beschnitten waren, als sie sudanesische Männer heirateten. Diese Frauen haben sich nach der Eheschließung beschneiden lassen. Und das überzeugt mich, daß sudanesische Männer ihre Hand im Spiel haben. Wir müßten die Methode der Bekämpfung entsprechend ändern. Bisher hat man immer angenommen, es sei eine Frauenangelegenheit. Sudanesische Männer sind natürlich sehr beeinflußt von ihren Müttern, so es ist eigentlich ein Zirkelschluß. Beide Seiten sind beteiligt, Männer und Frauen. Ich weiß keinen Ausweg, da Tradition und Bräuche sehr stark sind.

Der »Böse Blick« und »Zar«

Ich glaube nicht an den »Bösen Blick«. In der Religion wird zwar der »Böse Blick« erwähnt. Aber wenn man darüber liest oder einen Film sieht, dann bemerkt man, daß die Dinge durcheinander gebracht werden. Ich glaube nicht daran. Ich glaube nicht, daß etwas ohne Gottes Wille geschehen kann, und das hat man zu akzeptieren. Ich glaube nicht, daß der »Böse Blick« oder ein Mensch auf diese Art einem anderen etwas antun kann.

»Zar« ist ein Ausweg für sudanesische Frauen. Ich habe ein oder zwei »Zar«-Feste besucht. Die Frauen leben in einer so abgeschlossenen Gesellschaft und im »Zar« können sie sich u. a. wie Männer bewegen. Sie tanzen zusammen und im Grunde drücken sie damit aus, daß sie eine gemischte Gesellschaft wünschen. Es ist eine Gruppenpsychiatrie.

Einige Frauen sind wirklich krank. Sie besuchen diese »Zar«-Feste, und dort können sie machen, was sie wollen. Manchmal trinken sie Alkohol und rauchen und sonst etwas, was sie glücklich macht, und ihre Krankheit verschwindet. Es ist ein Ausweg. Eine Frau im »Zar« kann alles verlangen. Sie befiehlt es in Trance, und ihre Befehle werden respektiert und ausgeführt. Es ist eine psychologische Angelegenheit und die meisten Männer gehorchen und bringen ihren Frauen, was sie verlangen.

Formale Bildung

Dinge verändern sich. Wenn die Veränderungen in den ärmeren Bevölkerungsklassen beginnen und sich zu den reichen Oberklassen hocharbeiten, dann ist es einfach. Aber Veränderungen sind sehr schwierig, wenn sie in den Oberklassen beginnen und sich zu den unteren Klassen vorarbeiten.

Frauen mit sehr wenig formaler Bildung gehen arbeiten und

verdienen Geld und ihr Status im Haus verändert sich, sie sind mehr angesehen. Und daher sind jetzt alle Frauen bemüht, aus dem Haus zu gehen, um zu arbeiten. Das Mädchen ist jetzt wie der Junge. Beide bringen ein Gehalt nach Hause. Das verändert alles, denn nun ist der Vater interessiert, seiner Tochter auch eine gute Ausbildung zu geben. Vielleicht ist sie intelligenter als der Junge und wird eine bessere Arbeit bekommen. Gott sei Dank, das ist wirklich eine fortschrittliche Veränderung im Sudan.

Aber oft wollen Männer keine Mädchen mit höherer Ausbildung, z. B. Universitätsbildung, heiraten. Das war vielleicht auch der Gedanke von Babiker Badri, als er sagte, daß ein sudanesischer Mann von der männlichen Überlegenheit überzeugt sei und eine Ehefrau mit gleicher Bildung nicht willkommen ist. Und wenn man da näher nachforscht, so kommt man zu dem Ergebnis, daß ein Mann einer gebildeten Frau die Ehe verspricht, dann aber in sein Dorf fährt und eine ungebildete Ehefrau mitbringt. Und er wird dann sagen, daß sein Vater ihn zur Ehe gezwungen hätte. Aber der Mann ist ein Lügner, denn niemand kann ihn zu einer Ehe zwingen. Er hat das Mädchen geheiratet, da er eine Frau wollte, die ruhig im Harem sitzt. So hat er seine Freiheit und keine Fragen zu Hause.

Aber da ist auch die andere Seite. Eine Studentin hat einen Kommilitonen zum Freund und dann heiratet sie plötzlich einen reichen Mann, auch wenn er ignorant und ungebildet ist. Das macht ihr aber nichts aus; solange er viel Geld hat, ist sie und ihre Familie zufrieden.

Wie denkst du über Gold und Geld?

Ich beobachte die neue Generation sehr genau. Es ist augenfällig, daß Geld im Leben eines gebildeten Mädchens eine große Rolle spielt. Sie möchte viele Dinge besitzen, die ein Junge ihres Alters ihr nicht bieten kann. Aber ein fertiger Mann mit Geld kann das. Er kann weniger gebildet sein und auch sonst einige Fehler haben; aber wenn er Besitzer eines Hauses und eines Mercedes ist, dann wird das Mädchen ihn heiraten. Dies sind ganz neue Symptome, die analysiert werden sollten. Unsere Gesellschaft verändert sich sehr.

BINT AHMED

Man erwartet von einem Mädchen, daß es jeden bedient.

Bint Ahmed heißt eigentlich Zeinab. Aber da in dem Hause, in dem sie aufwuchs, mehrere Frauen mit diesem Namen lebten, wurde sie Bint Ahmed, die Tochter von Ahmed, genannt. Dieser Name ist bis heute haften geblieben.

Zeinab Bint Ahmed ist 53 und voller Leben und Energie. Ihr rundes Gesicht reflektiert ihr freundliches Wesen und ihre fortwährende Hilfsbereitschaft. Sie ist sehr beliebt und wird oft ausgenutzt von der Großfamilie, in der sie lebt. Besonders die Kinder lieben sie sehr; denn sie können zu ihr jederzeit mit ihren kleinen und großen Sorgen kommen, und sie kann auch wunderschöne Geschichten erzählen.

Bint Ahmed arbeitet sehr hart, und sie versucht, es jedem in der Großfamilie recht zu machen. Sie will damit ihre Dankbarkeit beweisen gegenüber der Familie, die sie als kleines Mädchen adoptiert hat. Aber sie kann auch ihren Standpunkt verteidigen. Sie sagt ihre eigene Meinung und ist sehr stolz. Ihre geschwollenen Beine und Füße sind ein Zeichen ihres harten Lebens. Auf diesen Füßen ist sie vor Tagesanbruch und bis spät in die Nacht, um all die Wünsche der Großfamilie zu erfüllen.

Kindheit

Mein Vater ist ein entfernter Verwandter des Haushaltsoberhauptes der Familie, in der ich bis vor kurzem lebte. Als mein Vater meine Mutter heiratete, war er schon ein Tunichtgut, denn als ich geboren wurde, kümmerte er sich weder um meine Mutter, die aus einer sehr armen Familie stammte, noch um mich. Meine Mutter wußte nicht, wohin sie mit mir als kleines Kind gehen sollte. Der alte Herr, der später mein Vormund wurde, hörte davon, denn mein Vater war ja ein entfernter Verwandter. Er bot meiner Mutter und mir sein Haus an, und meine Mutter akzeptierte es für mich. Sie war zu stolz, in einem Haus zu leben, das nicht ihrer Familie gehörte. So wuchs ich also im Haus meines Vormunds auf und wurde niemals anders als die anderen Kinder im Haus behandelt. Mein Vormund war ein Scheich und ein sehr religiöser Mann und für mich war er der Vater. Ich habe ihn sehr verehrt und mir geschworen, daß ich ihn bis zu seinem Tode gut versorgen würde. Daran habe ich mich auch gehalten und habe verschiedene Heiratsangebote abgelehnt, weil ich dann das Haus meines Vormunds hätte verlassen müssen, um bei meinem zukünftigen Mann zu leben.

Als mein Vormund starb, fühlte ich mich verpflichtet, seine Frau, die auch schon alt und krank war, zu versorgen, obgleich er mich nie darum gebeten hatte. Doch ich fühlte, daß das sein Wunsch war. Deshalb verschob ich wieder Heiratsangebote, obgleich ich liebend gern eigene Kinder gehabt hätte. Aber ich habe mich um die Kinder in der Großfamilie gekümmert, und sie lieben mich sehr, und ich liebe sie, als ob es meine eigenen seien.

Was weißt du über deine Eltern?

Mein richtiger Vater begann zu trinken, und ich habe ihn kaum gesehen. Manchmal kam er mich besuchen, aber er ist dann früh gestorben. Meine Mutter war zu stolz auf das Mitleid einer Familie, die nicht ihre eigene war. Die Familie meiner Mutter sind Nomaden und sie hat keinen Kontakt zu ihnen. Meine Mutter kam mich nur besuchen und hat versucht, sich selbst zu ernähren, in dem Sie »kisra« (Hirsebrotfladen) herstellte und verkaufte. Mein Vormund und seine Söhne haben ihr immer wieder finanzielle Hilfe angeboten, aber sie hat nie Geld von ihnen genommen. Oft schickten sie mich, um ihr Kleidung und kleine Geschenke zu bringen. Jetzt ist sie sehr alt und krank. Jetzt hat sie es gut, denn sie lebt bei mir.

Bildung

Ich habe die Grundschule besucht, wie alle Mädchen in der Familie meines Vormunds. Er hatte eine kleine Privatschule für Mädchen eröffnet, und ich besuchte diese Schule. Als ich jung war, wurden Mädchen, wenn überhaupt, nur in die Grundschule geschickt. Aber die Söhne meines Vormunds haben alle die Höhere Schule besucht und einige sind zur Universität gegangen. Sie haben alle gute Berufe, und ich bin sehr stolz auf sie.

Großfamilie und Position der Frauen

Ich mußte in dem großen Haushalt der Familie von Kindheit an sehr viel helfen; denn wir hatten immer sehr viele Gäste. Mitglieder der Familie, die nicht in Omdurman wohnten, kamen zu allen Gelegenheiten und wohnten dann im großen Haus des Scheichs. Das ist die Tradition und niemand fand es ungewöhnlich, wenn die Leute oft wochen- oder monatelang dort lebten. Jeder wurde willkommen geheißen.

Aber für die Frauen des Hauses war es harte Arbeit. Wir mußten die Gäste versorgen, d. h. kochen, sie bedienen, waschen und die Zimmer in Ordnung halten, und das zu jeder Tageszeit. Gäste im Sudan werden von den Gastgebern immer sehr verwöhnt. Ich mußte oft bis abends 10 oder 11 Uhr arbeiten, wenn jemand spät nach Hause kam und noch Essen verlangte. Ich stand morgens vor Sonnenaufgang auf, betete, und begann dann den Tee für die Familie und die Gäste vorzubereiten. Oft war ich sehr müde, aber so ist das Leben für junge Mädchen im Sudan, besonders in großen Haushalten. Sie erwarten, daß man jeden bedient, auch die jüngeren Brüder.

Natürlich war ich ein besonderer Fall und ich fühlte immer, daß es meine Pflicht sei, alle in der Familie zu bedienen; denn durch sie hatte ich ein Heim bekommen. Und wenn ich an meine arme Mutter dachte, dann war ich sehr dankbar.

Ich liebe die Familie, die mich aufgenommen hat, und ich fühle mich als Teil von ihnen, und wenn dann die Gäste und meine Familie meine Kochkünste loben, dann freue ich mich besonders. Aber am meisten liebe ich die Kinder, und sie lieben mich auch sehr, das fühle ich, und sie haben einen besonders schönen Namen für mich, den ich aber nicht verrate.

Was hältst du von Gleichheit zwischen Männern und Frauen?

Es gibt keine Gleichheit zwischen Männern und Frauen. Männer haben ihren Platz im Leben, und Frauen haben ihren Platz. So hat Gott es gemacht, und so ist es richtig.

Obgleich sich heute Dinge verändern, und manchmal frage auch ich mich: Sollten Frauen nicht doch mehr Rechte haben? Ich sehe jetzt, daß einige Mädchen in unserer großen Familie Ärztinnen werden, und einige Mädchen sind in der Schule sogar besser als die

Jungen. Sicher sind Körper und Aussehen von Jungen und Mädchen verschieden, doch ihr Gehirn ist gleich. Deshalb sollten die Frauen gleiche Rechte im Leben haben, und ihr Leben sollte sich verbessern.

Aber ich selbst wurde erzogen wie die meisten Frauen meiner Generation, und viele Mädchen werden auch heute noch so erzogen, daß sie ohne Murren ihre jüngeren Brüder bedienen, ganz abgesehen von den anderen Familienmitgliedern. Ich verhalte mich sogar heute noch so, ich kann mich nicht ändern, aber die meiste Zeit werde ich heute von jungen Mädchen bedient.

Aber ich muß auch sagen, daß es mir nicht gefällt, wie sich heute viele jungen Mädchen benehmen. In unserer Gesellschaft ist es nicht richtig, daß Mädchen mit Jungen ins Kino gehen oder in Restaurants, wenn sie nicht verlobt sind. Ich halte das für schlechtes Benehmen. Ein Mädchen kann schnell seinen Ruf verlieren und damit die Chance, einen guten Mann zu bekommen.

Jungen, natürlich, können sich anders als Mädchen benehmen. Niemand fragt nach ihrer Vergangenheit, so lange sie gute Ehemänner werden und die Familie gut versorgen. Und so sollte es auch sein.

Ehe

Ich habe meinen jetzigen Ehemann einmal vor der Hochzeit gesehen, und zwar als er mir vom Haushaltsvorstand der Familie vorgestellt wurde. Mein Mann war Witwer. Seine Frau starb vor einiger Zeit, und zuerst lebte er bei seiner Tochter. Aber seine Tochter hatte viel mit ihrer eigenen Familie zu tun, und er wollte wieder einen eigenen Haushalt, obgleich er schon Ende 60 ist. Er ist Bezirksvorstehender und hat viele Verpflichtungen. Er entschloß sich deshalb, wieder zu heiraten. Durch seine Tochter hörte er von mir. Ich war 51 Jahre alt, als er mich heiratete, und ich bin sehr glücklich mit ihm. Er ist mein zweiter Mann. Ich bin sehr glücklich, denn ich habe einen eigenen Teil eines großen Hauses. In dem anderen Teil wohnt der Sohn meines Mannes mit seiner Familie. Ich habe ein Dienstmädchen, das mir die schwere Arbeit abnimmt. Ich koche nur für mich und meinen Mann. Ich habe keine finanziellen Probleme und einen netten Mann.

Polygamie und Scheidung
Ich hatte schon gesagt, daß ich in jungen Jahren nicht heiraten wollte und konnte, da ich meinen Vormund und anschließend seine Frau versorgte und verpflegte, bis sie starben.

Mehrere Männer hatten angefragt, ob ich sie nicht heiraten wollte. Einer war Lehrer, und ich hätte ihn sehr gern geheiratet, aber als einer meiner Stiefbrüder mich fragte, wer dann seine alte Mutter – die Frau meines Vormunds – weiter pflegen solle, wenn ich heiraten und wegziehen würde, da habe ich mich verpflichtet gefühlt, die Ehe abzulehnen. Es war eine schwierige Situation, denn die beiden Töchter meines Vormunds waren verheiratet und lebten in anderen Städten, und Schwiegertöchter fühlen sich nicht verpflichtet, die Schwiegermutter zu versorgen, wenn Töchter noch leben. Natürlich gibt es auch da Ausnahmen.

Als ich dann schließlich frei war, um heiraten zu können, da war ich schon 43 Jahre alt und für den Sudan viel zu alt. Ich wollte aber unbedingt noch eigene Kinder haben, und als ein Kaufmann mich als seine vierte Frau wünschte, habe ich zugesagt. Meine ganze Familie war gegen diese Heirat. Aber ich wollte Kinder und hörte nicht. Und es war ein Fehler. Mein Mann hat mich gut behandelt. Er gab mir einen Platz auf dem Markt, wo ich oder eine Frau für mich Haushaltsgegenstände verkaufen konnte. Ich hatte dadurch eigenes Geld.

Aber ich wurde nicht schwanger. Ich habe mich den schrecklichsten Untersuchungen unterzogen und kleine Operationen wurden ausgeführt. Aber nach einigen Jahren war es ganz klar, ich konnte keine Kinder mehr bekommen. Mein Mann ließ sich von mir scheiden. Seine anderen Frauen konnten auch keine Kinder mehr bekommen, deshalb ließ er sich von mir, der vierten Frau, scheiden, um ein junges Mädchen heiraten zu können. Er wollte noch Kinder.

Ich war eigentlich ganz froh, wieder zu meiner Familie zurückkehren zu können. Kinder konnte ich von dem Mann nicht bekommen, weshalb sollte ich noch bleiben, und die Kinder meiner Familie freuten sich sehr, mich wieder zu haben.

Danach wollten mich noch mehrere ältere, verwitwete Männer heiraten, aber ich habe immer abgelehnt. Bis dann mein jetziger Mann kam. Mein Stiefbruder erkundigte sich genau über meinen zukünftigen Mann, und als er hörte, daß er einen guten Ruf hatte und sehr liebenswürdig sei, und selbst Kinder und Enkel hat, da habe ich dann eingewilligt. Und ich habe es bis heute nicht bereut.

Ich bin die einzige Frau meines Mannes. Es war für mich nicht leicht, die vierte Frau meines ersten Mannes zu sein. Aber jede Frau hatte ihr eigenes Haus, und er reiste viel, und zwei Frauen wohnten in anderen Städten, so daß wir uns kaum sahen. Um ganz ehrlich zu sein, ich habe meinen ersten Mann wohl nur geheiratet, um Kinder zu bekommen.

Was hältst du von berufstätigen Frauen?
Frauen arbeiten immer sehr viel, am meisten im Haus. Frauen, die berufstätig sind, müssen im Haus Hilfe haben oder in einer Großfamilie leben, in der andere Frauen die Hausarbeit machen.

Ich halte es für gut, wenn eine Frau ihr eigenes Einkommen hat, vor allem, wenn ihr Mann kein Geld geben kann oder will. Junge Mädchen haben heute die Möglichkeit zu studieren und gute Arbeit zu bekommen, und sie sollten es in Anspruch nehmen. Nichts ist schrecklicher als abhängig zu sein und um Geld zu bitten. Daher hatte ich mein ganzes Leben immer ein kleines Einkommen, über das ich selbst verfügen konnte. Ich habe z. B. große Mengen Gemüse auf dem Markt eingekauft und es dann in kleineren Mengen an Nachbarn verkauft. Oder ich habe »Henna«* oder »Halawa«** für die Nachbarfrauen gemacht. Ich hatte immer etwas eigenes Geld, jetzt gibt mir mein Mann ausreichend Haushaltsgeld, das ich dann benutzen kann, wie ich möchte.

Wie denkst du über die weibliche Beschneidung?
Es ist für mich sehr schwierig, darüber zu sprechen. Ich wurde, wie alle Mädchen in der Familie, auf pharaonische Art beschnitten. Und ich muß sagen, als ich heiratete und alle diese unangenehmen Untersuchungen hatte, da hatte ich sehr große Schmerzen. Aber Mädchen müssen beschnitten werden, denn das ist unsere sudanesische Tradition, und es befiehlt auch die Religion, aber ich finde, die

---

* Henna-Bemalungen
** Haarentfernung mit Zuckermasse

leichtere Beschneidung »Sunna« genügt für unsere Mädchen vollkommen. In Zukunft wird die Beschneidung verschwinden, aber es wird noch lange dauern, denn wir glauben, daß niemand ein unbeschnittenes Mädchen heiraten wird.

Religion
Ich glaube an den Islam, ich sage meine Gebete regelmäßig und ich hoffe, in den nächsten Jahren nach Mekka pilgern zu können. Im Islam findet man die Antwort auf alle Fragen, und als guter Muslim oder gute Muslimin wird man im Himmel belohnt, und manchmal sogar schon in diesem Leben. Ich z. B. habe endlich einen guten Mann gefunden, und ich hatte immer eine Familie, die mich liebte.

Glaubst du an den »Bösen Blick« und »Zar«?
Ich glaube an den »Bösen Blick«, denn es gibt viele neidische Menschen, und man muß vor allem kleine Kinder durch Koransprüche im »hijab« beschützen.

Der »Zar« hilft den Frauen, die Probleme haben, entweder gesundheitliche oder finanzielle oder auch mit ihren Männern. Für diese Frauen ist der »Zar« gut, und oft kann ihnen geholfen werden. Ich gehe oft zum »Zar«, aber nur weil ich die Atmosphäre dort gern mag und dort viele Frauen treffe. Wir reden über unsere Probleme, und oft lachen wir auch zusammen. Es ist eine gute Gelegenheit, das Haus zu verlassen und dort Neuigkeiten zu hören.

Wie denkst du über Geld und Gold?
Geld und Gold sind für mich sehr wichtig, denn ich hatte nie viel von beidem. Nur wenn man Geld hat, ist man unabhängig und kann dann auch anderen helfen. Es ist schrecklich, arm zu sein. Meine arme Mutter ist ein Beispiel, wie schrecklich es ist, jeden Tag um Essen zu kämpfen. Aber nur Leute, die auch einmal arm waren, können das richtig verstehen. Betteln ist unwürdig. Viel Geld ist nicht notwendig, dann werden die Leute nur gierig auf noch mehr Geld. Ich bin froh, daß ich jetzt genügend Geld habe, so daß meine alte Mutter bei mir leben kann.

KHAMISA

Als mein Mann starb, mußte ich arbeiten gehen.
Keines meiner Kinder hat Arbeit.
Alle sind von mir abhängig.

Khamisa sagt, sie sei etwa 50 Jahre alt, aber sie wirkt älter. Sie ist sehr zurückhaltend, und ihr einst hübsches Gesicht zeigt Ermüdung und Enttäuschung. Aber schlank und stolz steht sie da und ist dankbar für ihre Arbeit als Botin an der Universität.

Khamisa wurde in Burri, einem Stadtteil von Khartoum, geboren. Sie ist seit 20 Jahren verwitwet und hat fünf Kinder, die alle von ihr abhängig sind. Sie verdient 100,- Sud. Pfund im Monat, etwa DM 50,-.

Kindheit

Über meine Kindheit kann ich nicht viel erzählen. Sie ist nichts Ungewöhnliches. Ich bin in Burri geboren und auch dort aufgewachsen. Mein Vater war ein einfacher Arbeiter, und er und meine Mutter hatten 8 Kinder. Ich bin niemals zur Schule gegangen. Als ich Kind war, gingen Mädchen eigentlich nie zur Schule. Ich mußte meiner Mutter zu Hause helfen, das war üblich so. Ich kann mich an nichts Besonders erinnern, wir Mädchen mußten früh im Haushalt helfen.

Ehe

Ich habe sehr jung geheiratet, gleich nachdem ich meine Periode bekam. Ich weiß nicht, wie alt ich war. Mein Mann war ein Verwandter und war viel älter als ich, etwa 20 Jahre älter. Mein Vater hat meinen Mann für mich ausgesucht, und es war gut so, denn es ist immer besser, einen Verwandten zu heiraten, da weiß man doch wenigstens, woher er stammt. Zum Beispiel, wenn irgendwelche Probleme entstehen, dann muß sich der Mann vorsehen, denn die ganze Verwandtschaft wird ihn beobachten und über ihn reden. Für Mädchen ist es besser, einen Verwandten zu heiraten, sie sind dann auch nicht so weit weg von ihrer Mutter.

Mein Mann starb, als mein jüngster Sohn gerade geboren war. Mein Mann war bei der sudanesischen Eisenbahn angestellt, und wir lebten zu der Zeit in Kosti. Als er starb, bin ich mit den Kindern zu meiner Schwester nach Burri gezogen. Seitdem lebe ich bei ihr.

Arbeit / Beruf

Ich mußte arbeiten, als mein Mann starb. Ich habe fünf Kinder und wir müssen leben. Der Mann meiner Schwester kann uns nicht alle ernähren.

Ich habe natürlich keinen Beruf erlernt, und so habe ich angefangen, in Familienhäusern zu putzen, und später habe ich in Schulen geputzt. Jetzt habe ich mich verbessert, ich bin Putzfrau und Botin zugleich. Die Frauen, die hier an der Universität arbeiten, ich meine die gebildeten Frauen, sie helfen mir oft finanziell und mit Kleidung. Sie sind alle sehr nett.

Kinder

Ich habe zwei verheiratete und zwei unverheiratete Töchter. Die beiden unverheirateten Töchter machen mir Sorgen, denn sie sind schon ziemlich alt – 25 und 27 Jahre – und hier heiraten die Mädchen sehr viel jünger. Mein Sohn ist 23 Jahre alt und ist der einzige, der eine schulische Ausbildung hat. Er hat die Oberschule beendet, aber sein Abschlußzeugnis war nicht gut genug für die Universität, und nun sitzt er zu Hause und sucht Arbeit.

Keines meiner Kinder verdient Geld, alle sind von mir abhängig. Ich halte es für wichtiger, daß Jungen zur Schule gehen, denn sie sollen später eine Familie ernähren. Mädchenausbildung ist nicht wichtig, denn sie heiraten ja doch später. Als meine Töchter im Schulalter waren, da war mein Mann schon sehr krank und starb später, und ich hatte andere Sorgen, als mich um die Schule meiner Mädchen zu kümmern; sie mußten mir im Haushalt helfen. Jetzt denke ich manchmal, es wäre doch besser gewesen, wenn die Mädchen zur Schule gegangen wären, denn die unverheirateten Töchter könnten sich selbst ernähren. Aber jetzt ist es zu spät, und ich hoffe, daß sie bald einen Mann bekommen. Und vor allem hoffe ich, daß mein Sohn Arbeit findet, damit er mich entlasten kann; denn ich fühle mich manchmal sehr müde. Ja, und was soll werden, wenn ich nicht mehr arbeiten kann?

UMSALAMON

Als zukünftiger Ehemann kommt für mich nur ein Muslimbruder in Frage

Umsalamon ist ein sehr hübsches junges Mädchen von 23 Jahren. Sie ist zunächst sehr zurückhaltend in ihrem Benehmen, aber ihre starke und selbstsichere Persönlichkeit wird bald im Gespräch offensichtlich. Wir treffen Umsalamon in einer Gruppe von jungen Mädchen, die sich alle als Muslimschwestern bezeichnen und Umsalamon als ihre Sprecherin auswählen. Im Laufe des Gesprächs nehmen die anderen Mädchen zuweilen daran teil und stimmen im allgemeinen mit dem, was Umsalamon sagt, überein. Alle Mädchen tragen die Kleidung der Muslimschwestern.

Umsalamon studiert Wirtschaftswissenschaften in Khartoum. Ihr Vater ist Direktor eines großen Unternehmens. Ihre Mutter ist Hausfrau und hat die Mittelschule besucht. Umsalamon hat vier Brüder und drei Schwestern. Die Brüder und zwei Schwestern studieren ebenfalls. Die jüngste Schwester besucht noch die Schule. Umsalamons älteste Schwester ist mit einem Mann verlobt, den sie nur einmal vor der Verlobung gesehen hatte. In der Verlobungszeit darf sie mit ihrem zukünftigen Ehemann ausgehen, um ihn dadurch näher kennenzulernen. Sie ist mit der Wahl ihrer Eltern zufrieden, die sich ausführlich über den Mann und seine Familie informiert haben. Sie wird ihren Verlobten demnächst heiraten.

Kindheit

Umsalamon hat eine sehr glückliche und beschützte Kindheit gehabt. Ihr Vater hat den Töchtern die gleichen Ausbildungschancen wie den Söhnen gegeben und Umsalamon ist ihm sehr dankbar dafür. Die Familie lebt in einem großen gepflegten Haus in Khartoum. Religion und die momentane politische Entwicklung im Sudan sind für Umsalamon sehr wichtig, und sie nimmt seit ihrer Schulzeit aktiven Anteil.

Religion und Politik

Da mich Religion und Politik am meisten interessieren, möchte ich damit beginnen. Ich gehöre der Bewegung der Muslimbrüder und -schwestern an, und ich werde erzählen, wie ich beigetreten bin.

Es ist etwa 8 Jahre her, da begann ich regelmäßig zu beten und mich in der Weise zu kleiden wie ich es jetzt tue, d. h. lange Ärmel an den Blusen und einen Rock, der bis zu meinen Füßen reicht, mein Haar bedeckt mit einem Kopftuch. Vor 3 Jahren bin ich der Muslimschwesternvereinigung beigetreten, als ich Studentin der Universität wurde.

Muslimschwestern traten an mich heran, als ich noch in der Schule war. Sie erklärten mir ihre Ziele und überzeugten mich. Heute arbeite ich genauso. Ich trete an Schulmädchen oder Studentinnen heran und versuche sie davon zu überzeugen, der Muslimschwesternvereinigung beizutreten. Unsere islamische Bewegung bezieht sich auf Hassan El Banna, der die Muslimbrüderbewegung in Ägypten um 1920 gründete.

Wir versuchen, den echten Islam den Menschen wieder klarzumachen; den Islam, wie er im Koran beschrieben wird. Heutzutage nennen sich viele Menschen Muslime, aber sie benehmen sich nicht so. Nur einige Beispiele: sie trinken Alkohol, sie kleiden sich nicht korrekt, sie beten nicht, und noch viele andere Dinge könnte ich aufzählen.

Der Islam sollte so gelebt werden wie zu den Zeiten des Propheten Mohamed, aber sehr viele Menschen haben vergessen, die Regeln des Islam zu befolgen. Wir arbeiten daran, die Menschen auf ihre Fehler aufmerksam zu machen und sie zum wirklichen Islam zurückzuführen. Wenn alle Menschen wieder zum wirklichen Islam zurückgekehrt sind, dann werden wir den Namen Muslimbrüder und -schwestern zurückziehen, da wir dann alle gleich sind.

Die Menschen, die noch nicht unserer Bewegung folgen, sind nicht richtig über den Islam informiert, und ich bin ganz sicher, daß die Menschen uns folgen werden, wenn sie die richtige Lehre des Islam verstanden haben. Nur solche Leute sind gegen uns, die nichts über Religion wissen und falsche Informationen über den Islam besitzen. Unsere Bewegung arbeitet natürlich auch außerhalb des Sudan, in vielen anderen Ländern, und wir freuen uns jedesmal sehr, wenn jemand unserer Bewegung beitritt. Wir helfen und unterstützen uns gegenseitig in jeder Hinsicht. Die Politik der Nationalen Islamischen Front hilft uns bei unserer Arbeit. Wir unterstützen sie.

Ehe und Polygamie?
Obgleich es im Islam dem Mann erlaubt ist, mehr als eine Frau zu heiraten, bin ich dagegen. Ich möchte keinen Mann heiraten, der schon eine andere Frau hat, und natürlich möchte ich auch nicht, daß mein Mann eine zweite oder gar dritte Frau heiratet. Ich kann jetzt nicht sagen, was ich machen würde, wenn mein Mann eine weitere Frau heiraten würde. Vielleicht würde ich um eine Scheidung bitten. Ich kann es jetzt nicht sagen, aber ich mag diese Idee überhaupt nicht, das ist ganz sicher. Ich möchte auch keinen Verwandten heiraten, aber der Mann, den ich heiraten werde, muß ein Muslimbruder sein.

Stellung von Männern und Frauen
Im Islam sind Männer und Frauen gleichgestellt; sie haben denselben Status. Vor dem Islam wurden die Frauen sehr schlecht behandelt; das ist zwar nicht im Koran erwähnt und auch sonst nirgendwo, soweit ich informiert bin, aber es ist allgemein bekannt. Aber zur Zeit des Propheten Mohamed hatten die Frauen den gleichen Status wie die Männer. Zum Beispiel Aisha, eine der Frauen des Propheten, hat im Krieg geholfen, und Frauen haben Religion unterrichtet und niemand sagte, daß sie das nicht sollten. Frauen hatten gleiche Rechte, dieselben wie Männer.

Aber die Frauen sollten sich schicklich kleiden, sie sollten den Männern nicht direkt in die Augen sehen. Es ist ihnen erlaubt, jede Art von Arbeit auszuführen. Dasselbe, was der Islam den Frauen diktiert, das ist auch maßgebend für die Männer; auch sie sollten sich schicklich anziehen und anständig reden. Männer sollten Frauen nicht unschicklich ansehen und ansprechen.

Es ist einem Mann erlaubt, seine Frau zu bestrafen, wenn sie sich unschicklich benimmt. Er darf sie dann in ihrem Hause einschließen. Aber wenn die Frau sich korrekt nach dem Islam benimmt, dann ist es ihm nicht erlaubt, sie zu bestrafen. Der Mann ist der Haushaltsvorstand und wenn sie das nicht akzeptiert, dann kann sie ihn verlassen und wieder zu ihrer Familie zurückkehren.

Frauen und Beruf

Ich denke, daß Frauen außerhalb des Hauses arbeiten sollten, wenn sie es können. Unser Land braucht die Unterstützung der Frauen. Wenn eine Frau jedoch nicht fähig ist, Hausarbeit und Berufstätigkeit gleichzeitig zu leisten, dann sollte sie sich auf den Haushalt beschränken.

Jede Frau ist anders, es hängt alles von der einzelnen Frau selbst ab. Ich persönlich glaube daran, daß die Frauen die Pflicht haben, ihrem Land zu helfen, und das bedeutet, daß Frauen am Arbeitsprozeß, an Aufbau und Wirtschaft teilhaben müssen.

Aber es gibt noch viele Männer, die etwas dagegen haben, wenn ihre Frauen das Haus verlassen. Sie erlauben ihnen nicht einmal, in die Moschee zum Gebet zu gehen. Ich denke, daß Frauen berufstätig sein sollten, denn je mehr sie arbeiten, um so besser ist es für den Sudan und Allah sieht das. Tüchtigkeit wird gutgeheißen in der Religion. Auch zu Zeiten des Propheten Mohamed haben die Frauen den Männern geholfen, obgleich sie Kinder zu Hause hatten, die sie auch beaufsichtigen mußten. Frauen sollten jedoch nur arbeiten, soweit sie physisch dazu in der Lage sind. Es gibt Arbeiten, die von Frauen nicht ausgeführt werden können, weil sie einfach nicht die Kraft dazu besitzen. Aber im allgemeinen ist es nicht wichtig, welche Art der Arbeit Frauen ausführen, denn jede Arbeit ist gut.

Die Muslimbrüder-Bewegung unterstützt die Frauenarbeit. Es ist nicht gut, wenn man faul zu Hause sitzt; Frauen sollten ihrem Land helfen. Aber es gibt Plätze, an denen die Frauen nicht erwünscht sind. Einer dieser Plätze ist die Faisal Bank in Khartoum. Aber der Grund ist nicht, weil es eine islamische Bank ist, nein, sondern weil es eine saudi-arabische Bank ist. In Saudi-Arabien werden die Frauen wie Tiere behandelt. Sie müssen immer zu Hause bleiben und Kinder gebären. Nur dafür sind sie da. Sie dürfen nicht unbegleitet das Haus verlassen. Sie dürfen kein Auto fahren, und was sonst noch alles verboten ist. Aber im Iran ist das ganz anders. Die Frauen tragen zwar den »Chador«, aber darunter tragen sie Jeans. Sie fahren auf Motorrädern und tragen Waffen. Sie dürfen alles.

Hier im Sudan tragen wir die langen Kleider der Muslimschwestern, da sie praktischer sind als der traditionelle »tob«. Der »tob« ist außerdem sehr teuer und man kann sich auch nicht frei darin bewegen. Wenn man richtig arbeiten will, dann muß man sich auch frei bewegen können, und das ist möglich in einem Kleid mit einem langen Rock oder Hosen mit einem langen Hemd. Daher tragen wir diese Kleidung. Ich glaube, der »Chador« ist auch nicht sehr praktisch, denn die Frauen können sich darin nicht frei bewegen. Heutzutage arbeitet eine ganze Anzahl von Frauen außerhalb des Hauses. Der traditionelle »tob« ist viel zu teuer. Außerdem sind die modernen »tobs« durchsichtig und sie bedecken den Körper der Frauen nicht wie die altmodischen »tobs« es taten. Viele Studentinnen und berufstätige Frauen tragen Kleidung nach westlicher Mode, Kleider und Hosen, aber wir Muslimschwestern tragen lange Röcke und Kopftücher. Das Kopftuch ist im Sommer sehr heiß, und wenn ein Mädchen es trotzdem trägt, dann weiß man, daß es sehr religiös ist.

Aber auch Mädchen, die nicht zu den Muslimschwestern gehören, tragen unsere Kleidung, denn Männer belästigen Frauen und Mädchen nicht, die diese Art der Kleidung tragen. Im Gegenteil, wir werden respektiert. Und für berufstätige Frauen ist es sehr praktisch.

Sollte es Unterschiede in der Bildung zwischen Jungen und Mädchen geben?
Nein, Jungen und Mädchen sollten dieselbe Ausbildung erhalten; denn der Islam spricht nicht über Unterschiede, sondern beide Geschlechter sollen die gleiche Chance erhalten. Aber es ist auch wahr, daß viele Mädchen nur eine höhere Ausbildung absolvieren, um sich und ihrer Familie zu beweisen, daß sie es schaffen können. Und wenn sie dann fertig studiert haben, dann bleiben sie zu Hause und heiraten. Wenn das in Fächern wie Medizin passiert, dann haben die Mädchen eine völlig falsche Einstellung zu ihren Pflichten dem Lande gegenüber. Sie nehmen den Platz einem anderen Studenten weg, z. B. einem Jungen, der als Arzt im Sudan dringend benötigt würde. Der Sudan braucht Ärzte, die arbeiten, und keine, die zu Hause sitzen. Wenn Mädchen beweisen wollen, daß sie nicht nur Hausfrauen sein können, dann sollten sie sich andere Fächer aussuchen, z. B. Kunst oder Geschichte, aber nicht Medizin.

Es gibt natürlich auch Ehemänner, die ihren Frauen nicht erlauben, berufstätig zu sein. Aber wenn ich heirate, dann werde ich alles daran setzen, weiter berufstätig zu sein. Es ist eine wichtige Satzung der Muslimbrüder-Bewegung; wir müssen alle für unser Land arbeiten.

Verhältnis: Mann / Frau

Viele Männer sagen ihren berufstätigen Frauen, daß sie sich zuerst um die Kinder und den Haushalt kümmern sollen und sie helfen überhaupt nicht im Haushalt; denn das ist gegen ihre Erziehung. Hausarbeit ist Frauenarbeit, und wenn die Frauen berufstätig sein wollen, dann müssen sie eben sehen, wie sie beides unter einen Hut bekommen. Das ist natürlich sehr schwierig, besonders für Frauen mit kleinen Kindern. Unsere Männer sagen, daß sie das Geld für den Haushalt verdienen. Die Frauen behalten gewöhnlich das Geld, das sie verdienen, für sich selbst. Sie brauchen nach islamischem Gesetz nichts zum Haushalt beizutragen. Deshalb sagen unsere Männer, wenn die Frau Beruf und Haushalt nicht gemeinsam erledigen kann, dann muß sie sich für den Haushalt entscheiden, denn das ist ihre Pflicht.

Unsere Männer helfen nicht im Haushalt, denn sie befürchten den Spott der Gesellschaft. Einige helfen zwar ihren Frauen, dann muß es aber geheim geschehen. Nicht einmal die Eltern dürfen es wissen. Aber wenn ich heirate, dann bestehe ich darauf, daß in meinen Heiratsvertrag geschrieben wird, daß mein Mann mir im Haushalt helfen muß, wenn ich berufstätig bin, sonst werde ich den Mann nicht heiraten. Aber ich habe auch gelesen, daß in anderen Ländern, in denen Frauen mit kleinen Kindern berufstätig sind, die Kinder darunter leiden. Kinder von berufstätigen Müttern haben große Probleme, und die Tendenz geht dahin, daß Mütter mit kleinen Kindern zu Hause bleiben.

Weibliche Beschneidung

Weibliche Beschneidung sollte sofort abgeschafft werden. Nach dem Islam ist es »haram«, d. h. verboten; denn wir sollten nicht das von Gott Geschaffene zerstören. Zum Beispiel sollte man auch seine Nase nicht verändern, die Gott einem gegeben hat.

Wir Muslimschwestern werden die Beschneidung bekämpfen. Aber die sudanesischen Frauen wissen nicht, daß die Beschneidung falsch ist. Wir müssen mit den Frauen sprechen und sie aufklären, wie die Bedri-Familie, die ein Buch gegen die Beschneidung geschrieben hat. Wir müssen die Frauen informieren. Zum Beispiel arrangieren wir große Hochzeitsfeste, bei denen viele Paare auf einmal getraut werden. Etwas Ähnliches müssen wir arrangieren, um die weibliche Beschneidung zu bekämpfen. Man hört natürlich von Männern, die keine unbeschnittenen Frauen heiraten wollen, das ist wahr. Aber viele Männer wissen einfach nicht, worüber sie sprechen. Sie kennen den Unterschied nicht. Sie wachsen im Sudan auf und kennen keine anderen Frauen und so glauben sie, daß sie nur beschnittene Frauen heiraten können, weil es immer so war.

Aber ich kenne auch viele Männer, die ausländische Mädchen heiraten, die nicht beschnitten sind, weil sie die beschnittenen sudanesischen Mädchen nicht mögen. Ich habe von einem reichen alten Mann gehört, der schon erwachsene Kinder hat, der jetzt ein unbeschnittenes Mädchen heiraten will. Ich finde das auch nicht gut. Wir müssen sehr hart arbeiten, um die Frauen und Männer zu überzeugen, die auf Beschneidung bestehen. Wir haben viel Arbeit vor uns.

»Böser Blick« und »Zar«

Ich glaube an den »Bösen Blick«, denn er wird im Koran erwähnt. Da ist zum Beispiel die Geschichte von Jakob, der zehn Söhne hatte, und als sie nach Ägypten kamen, da fragten sie nach Brot. Aber Jakob sagte zu seinen Söhnen, daß sie nicht alle auf einmal durch die Tür gehen sollten, denn die Leute würden neidisch werden, wenn sie sehen würden, daß sie so viele seien. Es gibt auch Leute, die werden neidisch, wenn man schöne Kleidung trägt. Deshalb sollte man nicht alle schönen Sachen auf einmal zeigen.

Über den »Zar« weiß ich nichts zu sagen, und ich möchte auch nichts darüber wissen. Aber ich habe gehört, daß Frauen, die zum »Zar« gehen, Blut und Alkohol trinken und beides ist im Islam verboten. Im Islam wird ein Schaf so geschlachtet, daß sein Kopf nach Mekka zeigt, aber im »Zar« ist das umgekehrt und das ist nicht richtig.

Ich glaube, der »Zar« ist psychologisch wichtig und es ist schon in Ordnung, wenn Frauen tanzen und singen beim »Zar«, aber Alkohol und Blut zu trinken ist verboten. Der »Zar« wird im Koran nicht erwähnt und die meisten Riten sind gegen den Islam, und daher will ich nichts damit zu tun haben.

Zukunft

Ich hoffe, daß wir den wahren Islam weiterhin verbreiten können, damit die Menschen wieder ein besseres Leben führen, wie es im Koran gelehrt wird.

Älterer Sudanese mit seinem ersten Kind

SARA

Jetzt, da ich Witwe bin, habe ich alle Freiheiten, aber jetzt ist es zu spät.

Sara ist etwa 45 Jahre alt. Sie kennt ihr Alter nicht, aber sie war sehr jung, als sie heiratete und ihr ältester Sohn, der ein Jahr nach der Eheschließung geboren wurde, ist jetzt 30 Jahre alt.

Sara hat ein sehr hübsches Gesicht. Sie ist sehr dunkelhäutig, schlank und zart. Es dauert lange, bis sie mit ihrer Lebensgeschichte beginnt. Sie ist sehr schüchtern und zurückhaltend und überrascht, daß jemand an ihrem Schicksal Interesse zeigt. Sie ist einfach gekleidet und hat ihr Haar mit einem Kopftuch bedeckt.

Sara lebt auf einem ziemlich großen Stück Land in El Obeid, gemeinsam mit der ersten Frau ihres verstorbenen Mannes. Die beiden Frauen sind seit 5 Jahren Witwen und ihr verstorbener Mann, ein Offizier, hat den Frauen eine Pension und einige Stücke Land hinterlassen.

Sara besitzt ein kleines Haus, mit einem Zimmer, in dem noch die Fensterläden und die Türen fehlen. Ihr Mann starb, bevor er das Haus fertig bauen konnte. Die erste Frau, mit der Sara sich gut versteht, lebt in einem Haus mit zwei Zimmern und Veranda. Beide Häuser sind auf demselben Grundstück. Es gibt keine Elektrizität und nur eine Wasserstelle im Hof.

Kindheit

Ich bin im Südsudan geboren. Meine Eltern waren Christen und gehörten zu der Kuku-Ethnie. Ich hatte eine sehr glückliche Kindheit. Mein Vater war Soldat, wie mein späterer Mann. Wir lebten in einem sehr großen eingezäunten Gelände mit mehreren Hütten. Ich hatte vier Brüder, aber ich war das einzige Mädchen und wurde von meinen Eltern sehr verwöhnt. Leider starb mein Vater früh und meine Mutter hatte große finanzielle Sorgen. Sie schickte uns trotzdem in die Missionsschule, und zwei meiner Brüder haben auch die Höhere Schule besucht. Ein Bruder ist heute Lehrer, der andere Ingenieur. Doch zwei meiner Brüder wurden als Soldaten im Bürgerkrieg im Südsudan getötet.

Als ich etwa 15 Jahre alt war, kam ein Armeeoffizier und fragte meine Mutter, ob er mich heiraten könnte. Zuerst hat meine Mutter das abgelehnt, denn sie wollte nicht, daß ich als ihre einzige Tochter von ihr wegziehen würde. Und auch ich war nicht sehr interessiert, einen »Nordländer« zu heiraten; denn mein zukünftiger Mann kam aus El Obeid, im Nordsudan, aber er war im Süden stationiert.

Am Ende hat meine Mutter dann doch nachgegeben; denn der Offizier hat ein sehr großes Brautgeld geboten und gleichzeitig versprochen, daß er mich im Süden bei meiner Mutter zurücklassen würde, sollte er in den Norden versetzt werden. Aber er hat sein Versprechen nicht gehalten.

Ehe und Polygamie

Gleich nachdem er mich geheiratet hatte, wurde ich Muslimin, und als er nach El Obeid versetzt wurde, da mußte ich mit ihm gehen. Ich war ja seine Frau und mußte ihm gehorchen. Ich hatte einen Sohn bekommen, und natürlich wollte ich mein Kind nicht allein lassen. So ging ich mit meinem Mann nach El Obeid und bin bis heute hier geblieben.

Als wir in El Obeid ankamen, lebte dort im Hause meines Mannes seine erste Frau mit zwei Töchtern. Die älteste Tochter war älter als ich. Von dieser Frau hatte er meiner Mutter und mir nie etwas erzählt. Die erste Zeit in El Obeid wollte ich am liebsten sterben. Ich hatte großes Heimweh nach meiner Mutter und meinen Freundinnen und nach dem schönen grünen Süden. Hier war alles gelb und sandig und heiß.

Aber ich hatte dann Glück, denn die erste Frau meines Mannes war sehr nett zu mir. Sie verstand, weshalb ich so traurig war. Sie war von einer Nomadenfamilie und wurde verheiratet, als mein Mann Soldat in Nordkordofan war. Sie war auch sehr jung gewesen und hatte sehr großes Heimweh nach ihrer Familie und dem freien Nomadenleben. Sie hat mich sehr getröstet, und nun versorge ich sie, als ob sie meine Mutter sei, denn sie ist jetzt alt und hilflos. Was mich wirklich sehr traurig macht, ist, daß ich meine Mutter nie wieder gesehen habe. Mein Mann hat mir immer wieder versprochen, daß er mit mir zu meiner Mutter reisen würde, aber er hat es nie getan, und er hat mich auch nicht allein zu ihr reisen lassen. Vielleicht hatte er Angst, daß ich nicht wieder zu ihm zurückkommen würde, und da hat er wohl recht gehabt.

Ich habe immer noch Heimweh nach dem Süden und heute, wo ich alle Freiheiten habe, dorthin zu reisen, ist es zu spät. Meine Mutter ist gestorben und für den Rest der Familie bin ich eine Fremde. Nur meinen ältesten Bruder, der jetzt in Khartoum als Ingenieur arbeitet, werde ich besuchen. Mein Schwiegersohn wird mich mit nach Khartoum nehmen. Ich bin sehr aufgeregt: nach 30 Jahren sehe ich meinen Bruder wieder.

Seitdem ich den Südsudan verlassen habe, war ich immer nur in El Obeid. Ich habe zwar Freunde und Nachbarn hier, die mich besuchen, und ich besuche sie, aber ich fühle mich immer noch als Fremde. Ich habe versucht, mich anzupassen. Ich bin Muslimin geworden, habe mich beschneiden lassen, und auch meine Töchter sind beschnitten, und zwar auf die härteste Weise, aber ich bin und bleibe die «Südländerin» für die Leute hier aus El Obeid.

Eigentlich war mein Mann ein guter Ehemann. Er hat uns alle immer gut versorgt. So lange er lebte, hatten wir keine Sorgen. Er hat viel Land in El Obeid gekauft, so daß nach seinem Tod die Familie, d. h. seine erste Frau, die Töchter und ich mit meinen sechs Kindern gut versorgt sind. Er war in der Nachbarschaft ein sehr geachteter Mann. Aber als er plötzlich starb, haben die Leute uns betrogen. Männer kamen, um unser Land zu kaufen, und da die Rente unseres Mannes sehr klein war, verkauften wir einiges Land. Aber wir Frauen haben etwas unterschrieben, was wir nicht verstanden. Wir haben den Männern vertraut; denn wer wird Witwen mit Kindern betrügen wollen? Aber sie haben uns betrogen, nun haben wir nur noch dieses Stück Land, auf dem wir leben. Und das auch nur, weil mein Schwiegersohn, den meine Tochter vor einem Jahr geheiratet hat, uns jetzt beschützt.

Mein Mann ist plötzlich gestorben, daher wußten wir nicht, was wir tun sollten. Wir Frauen hatten ja unsere Verwandten nicht in der Nähe. Niemand half uns. Mein Mann hatte gerade angefangen, mir ein kleines Haus auf dem Gelände zu bauen, aber jetzt sind immer noch keine Türen und Fenster in dem Haus und er ist fünf Jahre tot. Wenn es im Winter kalt ist, dann lebe ich wieder im alten Haus, in dem die erste Frau mit ihrem Enkel lebt.

Kinder

Mein ältester Sohn ist krank. Seine Geburt war sehr schwer und wir beiden haben kaum überlebt. Ich glaube, sein Gehirn hat unter der Geburt gelitten, denn er bekommt Depressionen und Anfälle. Er ist keine Hilfe für mich. Im Gegenteil, ich muß mich immer um ihn sorgen. Wir haben meinen Sohn zu einem «Faki» (s. Anhang) gebracht, um den bösen Geist austreiben zu lassen. Mein Sohn wurde gebrannt, an einen Baum festgebunden und tagelang geschlagen; aber der Teufel wollte seinen Körper nicht verlassen. Und da habe ich ihn wieder nach Hause geholt. Er war auch im Krankenhaus, aber da geben sie ihm nur Tabletten und er schläft die ganze Zeit und dann schicken sie ihn wieder nach Hause. Er ist dann für einige Zeit gesund und dann beginnt die Krankheit wieder. Ich habe immer Angst vor dem nächsten Ausbruch.

Meine beiden anderen Söhne sind noch sehr jung und bisher keine Hilfe für mich. Einer ist gerade Soldat geworden wie sein Vater, und der zweite geht noch zur Schule. Meine drei Töchter sind eigentlich meine größte Freude. Sie helfen mir soviel sie können. Nur die Älteste macht mir Kummer. Ihr Mann hat eine zweite Frau geheiratet, und er weigert sich, meine Tochter und ihre zwei Kinder weiterhin zu unterstützen. Nun habe ich ihren ältesten Sohn zu mir genommen, das Baby ist noch bei ihr. Meine Tochter lebt noch bei ihrem Mann, aber sie lebt von der Rente meines Mannes, die sie in Khartoum von der Armee abholt und dann verbraucht. Sie bekommt ja kein Geld von ihrem Mann, aber ich habe auch Probleme hier. Wir brauchen das Geld auch hier. Sie gibt mir jetzt etwas Geld, nachdem mein Schwiegersohn sich dafür eingesetzt hat, der uns hauptsächlich unterstützt. Meine Tochter versucht jetzt, eine Arbeit als Sekretärin bei der Armee zu finden, dann braucht sie das Geld der Rente ihres Vaters nicht mehr, und sie will uns dann alles schikken.

Meine beiden anderen Töchter sind kein Problem für mich. Eine Tochter hat vor einem Jahr geheiratet, und wie ich schon sagte, hilft uns mein Schwiegersohn soviel er kann. Die zweite Tochter wird hoffentlich auch bald einen so guten Mann heiraten.

Geld und Gold

Gold besitze ich nicht. Geld verdiene ich durch den Verkauf von

Butterbroten und Erdnüssen an Schulkinder. Hier in der Nähe ist eine Grundschule, und in der großen Pause kaufen die Kinder ihr Frühstück. Ich verdiene nicht viel, aber es hilft doch, unsere Familie zu ernähren, das sind die erste Frau und ihr Enkel – sie bekommt etwas Geld von ihrer Tochter – meine unverheiratete Tochter, meine Söhne, mein Enkel und ich selbst.

Wie ich schon sagte, gibt uns mein Schwiegersohn oft Geld und er erledigt eigentlich all die Aufgaben, die der Mann des Hauses verrichten sollte. Nur wohnt er nicht bei uns, und daher muß ich vieles allein machen. Aber er wird mir für den nächsten Winter die Türen und Fenster für mein kleines Haus kaufen. Gott meint es gut mit mir, da meine Söhne mir nicht helfen können, sandte er mir einen guten Schwiegersohn.

Verhalten der Männer gegenüber Frauen

Männer können das Haus verlassen, wann immer sie es wünschen. Sie können arbeiten und sich frei bewegen. Niemand kann ihnen etwas sagen. Schulbildung bekommen zuerst die Jungen und dann die Mädchen, die dann oft gar nicht zur Schule gehen können. Meine Kinder sind alle zur Schule gegangen, denn mein Mann wollte, daß alle eine Chance bekommen, selbständig zu sein. Aber als er dann starb, hatten wir kein Geld für die Schulbücher und die Schuluniform, daher habe ich zuerst die Mädchen von der Schule genommen und, ausgenommen meine älteste Tochter, die die Schule bis zur Oberstufe absolviert hat, haben die anderen nur 5 und 6 Jahre die Schule besucht. Mein ältester Sohn war niemals in der Schule, aber wenn er nicht krank ist, dann arbeitet er als Hilfsmechaniker. Er ist sehr geschickt mit seinen Händen. Mein jüngster Sohn geht noch immer zur Schule, und der andere ist jetzt in der Armee.

Frauen müssen sich also den Männern unterordnen, nur wenn sie eine gute Ausbildung haben, dann sind sie selbständig und brauchen sich nicht alles gefallen zu lassen. Hätte ich die Missionsschule weiter besucht und wäre vielleicht Lehrerin geworden, alles wäre anders in meinem Leben.

Der »Böse Blick« und andere Geister

Das ist für mich sehr schwierig zu beantworten. Ich wuchs auf als

Christin. Die Missionare sagten uns, daß da ein Gott ist, sein Sohn und der Heilige Geist und natürlich der Teufel. Als ich Muslimin wurde, hat sich mein Glaube verändert, aber nicht viel, denn es gibt auch einen Gott – Allah – und den Teufel und viele böse Geister. Mein ältester Sohn ist von einem bösen Geist befallen, sagen die Leute, und er hat dadurch viele Schwierigkeiten. Ja, ich glaube, es gibt böse Geister, aber ich glaube auch, daß Gott uns helfen wird, wenn wir ernsthafte Probleme haben.

Zukunft

Mein größter Wunsch ist, daß meine Kinder und Enkel glücklich sind und gesund bleiben. Und dann freue ich mich sehr auf ein Wiedersehen mit meinem Bruder in Khartoum. Wenn dann noch mein Haus Türen und Fenster bekommt, dann bin ich wirklich glücklich.

HELEN

Obgleich unsere Männer Christen sind,
hält es sie nicht davon ab,
zwei, drei oder vier Frauen zu heiraten.

Helen ist eine große, schlanke Frau von 45 Jahren. Sie ist eine imponierende Erscheinung, tiefschwarze Haut, feine Gesichtszüge, selbstsicher, aber zurückhaltend in ihrem Benehmen. Ihre autoritäre Rolle bei den Frauen, mit denen sie zusammenarbeitet, ist nicht zu übersehen.

Helen stammt aus dem Südsudan, aber den größten Teil ihres Lebens hat sie im Nordsudan verbracht. Als sie heiratete, ging sie mit ihrem Mann in den Norden.

Kindheit

Ich bin eine Schilluk und wurde in einem kleinen Dorf ungefähr 10 km von Malakal geboren. Auf dem Lande, in der Dorfgemeinschaft, wächst man mit gewissen Pflichten auf. Alles ist durch die Tradition festgelegt. Die Pflichten eines Schullik-Mädchens sind etwa folgendermaßen:

Bis zum 7. Lebensjahr kann es sich ziemlich frei bewegen. Aber mit dem 7. Lebensjahr ändert sich das, und die Eltern und Alten erwarten von dem Mädchen, daß es Feuer macht, Wasser holt und bei anderen Sachen hilft. Die Leute glauben, daß ein Kind schneller als die Alten laufen kann und daher werden hauptsächlich Mädchen dazu benutzt, Sachen zu holen oder wegzutragen.

Auch Jungen haben ihre Pflichten. Sie müssen die Kühe und Ziegen hüten und sind für das Feuer im Tierlager verantwortlich, das die Insekten von den Rindern fernhält.

Wenn ein Mädchen etwa 10 Jahre alt wird, dann erwartet man von ihm, daß es das für den täglichen Gebrauch benötigte Mehl mahlt und stampft. Das Mädchen wird von der Mutter angelernt, im Haushalt zu arbeiten. Das sind die von einem kleinen Dorfmädchen erwarteten Arbeiten.

Erziehung / Bildung

Vor etwa 20 bis 30 Jahren, als ich im Schulalter war, besuchten viele Mädchen aus unserem Dorf die amerikanische Missionsschule. Ich bin mit etwa 10 Jahren zur Missionsschule gegangen, und danach habe ich die Mittelschule in Juba und später in Yei besucht. Ich habe die Mittelschule nicht beendet, da ich mit 17 Jahren geheiratet habe. Gleich nach der Hochzeit sind mein Mann und ich nach Khartoum gegangen und anschließend nach London. In London habe ich einige Lehrgänge in Kranken- und Kinderpflege besucht und einen Erste Hilfe-Kurs gemacht. Wir haben 2 Jahre in London gelebt.

Ich war nicht glücklich in London. Ich habe meinem Mann viel Ärger bereitet, denn ich hatte Heimweh nach meiner Mutter. Ich hatte sehr großes Heimweh.

Als wir in den Sudan zurückkehrten, begannen die ersten Unruhen im Südsudan. Es wurde meinem Mann von der Regierung nicht erlaubt, wieder in den Südsudan zurückzukehren. Er unterrichtet jetzt Arabisch für nicht arabisch sprechende sudanesische Studenten an der Universität Khartoum.

Kinder

Ich habe 6 Kinder. Meine älteste Tochter hat schon ihre Universitätsausbildung beendet. Meine zweite Tochter wird dieses Jahr fertig. Die dritte Tochter studiert Medizin und ist jetzt im 10. Semester. Mein ältester Sohn studiert Ingenieurwissenschaft. Mein fünftes Kind, ein Mädchen, macht gerade das Abitur, und mein jüngster Sohn geht noch zur Schule. Ich bin stolz auf meine Kinder.

Wie lebt es sich als Frau aus dem Süden im Norden des Sudan?

Ich persönlich bin glücklich im Norden des Sudan. Sudan ist ja schließlich mein Heimatland. Aber natürlich kann man nicht richtig glücklich sein, wenn die eigenen Leute aus dem Süden im allgemeinen im Norden nicht glücklich sind. Wir haben da viele Probleme zu bewältigen. Viele Leute aus dem Süden kommen aufgrund der Unruhen zu uns, und oft leben sie für lange Zeit bei uns in unserem Haus.

Einige sagen, daß sie im Norden diskriminiert werden. Ich persönlich habe diese Probleme nie gehabt. Aber ich habe abfällige

Bemerkungen gehört und auch Worte, die so dahin gesagt wurden, besonders bei den Kindern in der Schule. Manchmal hört man: »Du aus dem Süden, was willst Du hier im Norden. Du bist doch kein Sudanese.« Die Sudanesen haben einen eigenartigen Charakter, sie sagen dir nie direkt, was sie über dich denken, aber man fühlt und hört dann doch, was gegen dich gesagt wird.

Beruf

Ich arbeite als Projektmanager in Hag Yousif, einem Stadtteil von Khartoum, in dem hauptsächlich Vertriebene aus dem Südsudan leben. Wir haben eine Grundschule für Kinder von 4 bis 6 Jahren errichtet. Das ist eine Art Kindergarten. Im gleichen Gebäude werden Erwachsenenbildungskurse für Frauen und Gesundheitsvorsorge für Mutter und Kind abgehalten. Wir planen ebenfalls, obgleich wir gerade klein angefangen haben, ein Programm, in dem Frauen lernen sollen, ihr Einkommen zu verbessern.

Welche Einkommensverbesserungsprogramme plant ihr?

Ja, das ist immer noch das Problem. Wir wollen, daß die Frauen es uns sagen. Wir wollen ihre Vorschläge. Zum Beispiel, wenn sie ein Darlehen von einer internationalen Organisation bekommen könnten, dann würden sie einen Esel kaufen, der Wasser für die Gegend befördern könnte. Die Gruppe könnte diesen Esel verleihen, dadurch Geld verdienen und dann das Darlehen zurückzahlen. Wir haben das vorgeschlagen, aber wir wollen, daß die Frauen uns sagen was sie wünschen, denn wir können ihnen nichts aufzwingen. Oft wissen die Frauen nicht, was sie zur Verbesserung ihres Lebensstandards tun können.

Verhalten der Männer gegenüber Frauen

In unserer Tradition ist eine Frau eine Frau. Es wird von ihr erwartet, daß sie im Hause ist und dort alles arrangiert, z. B. kochen, saubermachen und waschen – auch für die Männer. Und natürlich darf sie keine Entscheidung ohne die Zustimmung ihres Mannes treffen. Man muß mit dem Mann alles diskutieren, und dann merkt man manchmal, daß er die Worte gar nicht wahrnimmt. In sehr seltenen Fällen benehmen sich da die gebildeten Männer anders. Einige von ihnen geben zu, daß Mann und Frau sich über bestimmte Dinge einigen sollten. Mein Mann ist sehr verständnisvoll. Wir besprechen alles, ich kann ebenfalls Vorschläge machen, und er hat meistens nichts dagegen einzuwenden.

Ehe und Polygamie

Wir heiraten keine Verwandten wie die Nordsudanesen. Die Dinka, die Schilluk und auch die Leute aus Äquatoria heiraten keine Verwandten. Mein Mann kommt aus derselben Gegend wie ich. Ich glaube, er hat mich lange gekannt, denn ich bin viel jünger als er. Ich kannte ihn nicht. Erst als ich die Schule besuchte, habe ich ihn bemerkt.

Eine Ehefrau sollte jedoch mehr respektiert werden. Zum Beispiel mein Mann könnte sich heute entschließen, eine andere Frau zu heiraten. Er ist kein Muslim, sondern Christ.

Trotzdem könnte er eine zweite Frau heiraten. Christen zu sein hält unsere Männer nicht davon ab, zwei oder drei Frauen zu heiraten, und sie sagen es nicht einmal der ersten Frau. Das schmerzt sehr. Frauen werden übersehen, und die Männer kümmert es nicht. Sie sagen einfach: Ich habe für Dich bezahlt. Bei den Schilluk bezahlt der Mann einen Brautpreis von etwa 10 Rindern, etwas Geld und andere kleinere Dinge. Aber bei den Dinka ist es anders. Der Brautpreis ist abhängig von der Schönheit des Mädchens und von ihrem Familienstatus.

Scheidung

Scheidung ist sehr schwierig. Manchmal denkt man an Scheidung. Der Grund, weshalb Männer sich den Frauen gegenüber gleichgültig verhalten, ist wohl, daß sie wissen, daß Mütter in Afrika ihre Kinder ganz selten verlassen, denn wer würde sich um die Kinder kümmern? Die Männer können den Frauen ihre Kinder nehmen, denn Frauen haben bei einer Scheidung kein Recht auf sie. Es kommt vor, daß Mütter ihre Kinder bei dem Vater lassen, aber das ist sehr selten. Normalerweise erdulden die Frauen eine schlechte Ehe, auch wenn sie frustriert sind. Außerdem, wenn die Frau den Mann verläßt, dann müssen die Eltern ihm den Brautpreis zurückgeben. Um ihre Familien nicht in Schwierigkeiten zu bringen, erdulden die Frauen die schlechte Behandlung des Mannes. Aber in letzter Zeit entschließen sich immer mehr gebildete Frauen, ihren

Mann zu verlassen, und sie geben die Kinder auf. Doch dies ist eine sehr beunruhigende Situation. Man kann es den Frauen ansehen, daß sie sich Sorgen machen um ihre Kinder. Niemand wird sich um sie kümmern, denn die zweite Frau hat kein Interesse an den Kindern der ersten Frau. Weshalb sollte sie sich um Kinder kümmern, die noch eine lebende Mutter haben?

Die Stellung der Frau

Meine persönliche Meinung ist, daß die Freiheit und Gleichheit der Frauen anders zu bewerten ist als die der Männer. Frauen sollten keine Gleichstellung mit den Männern fordern. Aber ich glaube, daß Frauen die Freiheit zugestanden werden sollte, ihre Meinung frei zu äußern. Da eine Frau auch ein menschliches Wesen ist, sollte die Gesellschaft verpflichtet sein, sie so zu behandeln. Aber mit einem Mann gleichgesetzt zu werden ist meines Erachtens nicht möglich. Zum Beispiel: wenn ich als Mutter in einem Büro arbeite, dann kann ich meine Pflichten nicht im gleichen Maße erfüllen wie ein Mann, der keine Verpflichtung zu Hause hat. Wenn ich nicht verheiratet wäre, oder verheiratet ohne Verpflichtungen zu Haus, dann kann ich vielleicht die gleiche Arbeit leisten wie ein Mann.

Aber was die Freiheit der Frauen betrifft, so glaube ich, sollten wir mehr Freiheit bekommen. Die Frau ist die Grundlage der Familie und jedes Kind, das in einer Familie aufwächst, ist das Ergebnis einer guten Frau. Darum sollten Frauen das Recht haben auf Meinungsäußerung, auf Bildung, auf Entscheidungen in der Familie und auf Eheschließung und Scheidung!

Weibliche Beschneidung

Im Südsudan haben wir keine weibliche Beschneidung, überhaupt nicht, obgleich gesagt wird, daß einige Leute in Wau ihre Mädchen beschneiden lassen. Aber normalerweise wird es nicht getan. Ich bin gegen die weibliche Beschneidung.

Der »Böse Blick«

Ich persönlich glaube nicht an den »Bösen Blick«, aber unsere Leute im Süden glauben ganz fest daran.

Wie denkst Du über Geld und Gold?
(Tiefer Seufzer): Mein ganzes Leben war ich sehr kritisch in bezug auf Reichtum. Obgleich man sagen kann: Gott hat dir etwas gegeben. Es ist für mich oft sehr schwierig, wenn ich behaupte, daß ich nicht mit Leuten übereinstimme, die Geld lieben; denn in meiner Situation wird leicht angenommen, daß ich heuchle, da mein Mann gut verdient. Meine persönliche Ansicht ist folgende: Leute mit wenig oder ausreichend Geld haben ein anständiges Benehmen. Man kann sie respektieren. Aber, wenn sie plötzlich eine hohe Stellung wie z. B. einen Ministerposten bekommen, dann sieht man einen ganz anderen Menschen. Menschen in gehobenen Positionen verwandeln sich, und sogar die Gaben, die sie von Gott bekommen haben, werden von ihnen mißbraucht. Sie entwickeln einen Charakter, den sie vorher nicht hatten. Deshalb bin ich sehr skeptisch in bezug auf Geld und Macht.

Ich glaube, man möchte immer mehr Geld besitzen als man hat. Aber wenn man es nicht richtig zu benutzen weiß, dann kann es Menschen verderben. Das jedenfalls glaube ich.

MARY

Ich habe meinen Mann verlassen, aber er hat meine Kinder behalten.

Mary schätzt ihr Alter auf etwa 30 Jahre. Sie ist hübsch, sehr schlank, groß und sehr dunkelhäutig. Mary ist eine Vertriebene aus dem Südsudan. Sie wurde in Yei geboren und gehört zur Kakwa-Ethnie. Seit einiger Zeit lebt sie in einem Armenviertel am Stadtrand von Khartoum in einem kleinen Haus gemeinsam mit Verwandten. Mary hat Glück gehabt, denn sie hat Arbeit als Botin in einem Büro gefunden. Ihr Gehalt beträgt 150,– sudanesische Pfund im Monat (etwa DM 75,–). Da sie von diesem Gehalt nicht leben kann, braut sie heimlich »Araki«, einen Schnaps aus Datteln und verkauft ihn. Dies ist im islamischen Norden des Sudan verboten, aber viele Frauen in Marys Position können sich nicht an die islamischen Gesetze halten, da im Land keine soziale Sicherheit existiert. Wenn die Großfamilie nicht mehr vorhanden ist, die Frauen wie Mary aufnehmen würde, dann muß jede, so gut sie kann, für sich selbst und ihre Kinder sorgen. In dem Armenviertel, in dem Mary lebt, sind die Frauen fast alle auf sich allein gestellt und versorgen nicht nur ihre Kinder, sondern auch die Alten. Die Männer kümmern sich kaum um ihre Familien; sie sind oft ausgewandert oder kämpfen im Südsudan im Bürgerkrieg.

Heirat und Ehe

Ich wurde zu einem Tanz eingeladen und plötzlich haben mich einige junge Männer entführt. Diese Männer waren der Bruder und einige Freunde meines späteren Mannes. Ich war sehr erschrocken, als die Männer mich forttrugen, und ich schrie und habe mich gewehrt. Keiner kam mir zu Hilfe; denn so etwas passiert schon mal und viele dachten wohl, es sei ein Spaß. Mein Mann bezahlte dann den Brautpreis an meinen Vater, und damit war ich verheiratet.

Ich war noch sehr jung, vielleicht 14 Jahre alt. Mein Mann kam aus dem Nachbardorf und hatte mich beim Tanzen beobachtet. Ich gefiel ihm sehr; deshalb ließ er mich entführen. Ich hatte meinen Mann niemals vorher gesehen. Ich habe ihm drei Kinder geboren. Als mein drittes Kind starb, habe ich ihn verlassen. Ich ließ mich von ihm scheiden, deshalb hat er meine beiden Kinder behalten.

Eine Ehe ist normalerweise für eine Frau etwas Schönes. Aber wenn eine Frau unglücklich ist, wie ich es mit meinem Mann war, dann wird sie es ewig bereuen, mit diesem Mann verheiratet zu sein. Ich wollte meinen Mann nie heiraten, aber da er einen hohen Brautpreis bezahlte, hat mein Vater zugestimmt. Ich habe trotzdem versucht, ihm eine gute Frau zu sein.

Scheidung

Dann habe ich mich von meinem Mann scheiden lassen, weil er keine Verantwortung zeigte. Er hat viele andere Frauen geliebt und ist immer zum Tanzen gegangen. Falls ich einen guten Mann finde, werde ich vielleicht wieder heiraten, denn ich bin noch nicht zu alt für eine Ehe. Aber im Moment bin ich glücklich wie ich bin; denn ich bin mein eigener Herr und kann tun und lassen, was ich will.

Kinder

Ich habe jetzt drei Kinder, zwei von meinem geschiedenen Mann und eine kleine Tochter von einem anderen Mann. Ich möchte, daß meine Kinder eine gute Ausbildung bekommen, damit sie sich in Zukunft selbst helfen können. Da ich nur wenig verdiene, kann ich meinen Kindern im Südsudan nicht helfen. Ich habe gehört, daß mein ältester Sohn die Schule verlassen hat, um als Assistent eines Lastwagenfahrers zu arbeiten. Darüber bin ich nicht glücklich, denn wenn mein Sohn seine Schulbildung beenden würde, dann hätte er eine Chance im Leben. Seine Schwester geht noch zur Schule und ich kann nur hoffen, daß sie weiterhin dort bleiben kann.

Ich habe nur die Dorfschule besucht. Mit der Ausbildung bekomme ich keine gute Arbeit. Aber ich bin schon froh, daß ich diese Arbeit als Botin bekommen habe. Außerdem arbeite ich noch nebenbei, um mein Einkommen zu verbessern.

Beruf und Hausarbeit
Ich muß mir meine Arbeit genau einteilen. Wenn ich von der Arbeit komme, dann koche ich das Essen für mich und meine kleine Tochter, die von einer Freundin beaufsichtigt wird, wenn ich arbeite. Die restliche Hausarbeit mache ich an meinem freien Tag. Wir Frauen in unserer Wohngegend sind alle arm, aber wir helfen uns gegenseitig. Fast alle Frauen sind aus dem Südsudan und unsere Männer kämpfen entweder im Süden, sind tot oder haben ihre Familien verlassen.

Ausbildung
Frauen sollten eine gute Ausbildung haben, daher lerne ich Englisch in einer Abendschule der Kirche. Frauen sollten auch Büroarbeiten machen können, dann können sie den Männern auch etwas sagen. Es ist auch besser für die Männer, wenn Frauen einen Beruf haben, da sie sich dann die Pflichten in einer Familie teilen können. Ja, und dadurch entsteht dann auch gegenseitiger Respekt.

Verhältnis Männer / Frauen
Männer sollten mehr Verantwortung zeigen und Frauen respektieren. Sie sollten mutig und tapfer sein, um schwierige Probleme lösen zu können. Ein Mann, der sich so verhalten würde, hätte meinen Respekt. Männer sollten keine Macht über Frauen haben, denn Frauen können das gleiche schaffen wie Männer, hätten sie nur gleiche Chancen in der Bildung.

Weibliche Beschneidung
Ich bin Christin und ich bin nicht beschnitten. Bei unserem Stamm werden die Mädchen nicht beschnitten, obgleich seit kurzem Städterinnen im Südsudan es modisch finden, sich beschneiden zu lassen und sie lassen auch ihre Töchter beschneiden.

Religion
Die Religion hilft mir, meine Probleme zu vergessen, denn ich vermisse meine beiden Kinder, die im Süden sind, sehr. Ich gehe daher oft zur Kirche und bin auch Mitglied einer Frauengebetsgruppe. Ja, meine Religion hilft mir sehr. Ohne die Kirche würde ich hier im Nordsudan verzweifeln. Ich vermisse die schöne Natur des Südens, meine Verwandten und ich habe Heimweh.

Geld
Ich habe etwas Geld auf der Bank für unerwartete Notlagen.

Zukunft
Ich hoffe, daß der Bürgerkrieg bald zu Ende geht, dann werde ich sofort nach Hause zu meinen Kindern fahren.

Frau aus dem Südsudan

ROSE

Ich bin geschieden und genieße die Freiheit.

Rose ist 35 Jahre alt und gehört zu den Kakwa – einer Ethnie aus dem Südsudan. Sie hat die Missionsschule bis zur Oberstufe besucht. Durch den Bürgerkrieg ist Rose als Vertriebene nach Khartoum gekommen und wohnt jetzt am Stadtrand in einem Armenviertel, in der sich hauptsächlich Vertriebene aus dem Südsudan angesiedelt haben. Rose ist geschieden und lebt mit ihrem Sohn allein. Sie ist sehr zurückhaltend, aber selbstbewußt antwortet sie präzise und ohne Umschweife auf unsere Fragen.

Ehe
Ich kannte meinen Mann vor der Ehe, aber nur kurz. Wir haben uns einige Mal getroffen und uns dabei verliebt. Bald darauf haben wir uns entschlossen zu heiraten. Eine Ehe ist gut für eine Frau. Leider war meine Ehe nicht erfolgreich. Wir haben uns getrennt. Ich hätte meine Ehe gern noch fortgesetzt, aber mein Mann hat mich verlassen.

Scheidung
Die Trennung von meinem Mann ist mehr oder weniger eine Scheidung. Ich konnte mich nicht mit der Familie meines Mannes verstehen. Sie beschwerte sich bei meinem Mann über mich, und er hat auf sie gehört und mich verlassen. Ich könnte wieder heiraten, wenn ich wollte, aber im Moment genügt mir mein Sohn. Ich bin sehr glücklich, völlig unabhängig zu sein. Ich brauche mir jetzt keine Anschuldigungen mehr von meinen Schwiegereltern anzuhören. Ich genieße meine Freiheit.

Arbeit / Beruf
Ich habe ein kleines Privatunternehmen. In der Vergangenheit habe ich Bier in Juba gebraut und es in Khartoum verkauft. Aber seitdem wir hier die strengen islamischen Gesetze der »Shari'a« haben, ist es verboten, Alkohol zu verkaufen. Jetzt verkaufe ich Produkte, die

aus Kenia eingeführt sind. Ich habe Verbindung durch meine Familie im Süden, die mir die Sachen über die Grenze aus Kenia besorgen. Während ich arbeite, habe ich eine Hilfe im Haushalt. Eine Verwandte von mir kocht und putzt für mich, und ich habe da keine Probleme. Meine Rolle als Ehefrau wäre natürlich anders. Dann wäre ich für die ganze Hausarbeit verantwortlich wie kochen, putzen, gute Nachbarschaft halten. Ich müßte meine Probleme ohne Streit zu regeln versuchen. Jetzt habe ich es aber viel besser. Ich bin eine freie Unternehmerin, und ich verdiene mein eigenes Geld.

Religion und Beschneidung
Ich bin praktizierende Christin. Ich gehe jeden Sonntag in die Kirche und nehme an allen kirchlichen Festen teil. Das Lesen der Bibel und beten hilft mir, über meine Probleme hinweg zu kommen.

Als Christin bin ich nicht beschnitten und ich halte auch nichts von der Beschneidung. Im Südsudan wird die Beschneidung nicht praktiziert. Ausnahmen sind Frauen, die muslimische Männer aus dem Norden heiraten; sie lassen sich vor oder nach der Heirat beschneiden und ihre Töchter auch.

Gleichheit von Männern und Frauen
Ich glaube, daß Frauen und Männer gleich sind. Frauen sollten daher die gleichen Bildungschancen wie Männer haben. Aber Männer und Frauen haben verschiedene Pflichten in der Gesellschaft. Der Mann ist verantwortlich für die Probleme außerhalb des Hauses, und die sollte er sicher und friedlich lösen. Die Frau hat ihre Verantwortung innerhalb des Hauses. Aber Männer sollten keine Macht über Frauen ausüben. Das ist Sklaverei. Männer sollten Verantwortung zeigen und sonst nichts. Ich glaube an die Gleichheit von Frauen und Männern, aber die meisten Männer sind nicht davon überzeugt.

Wichtigkeit von Geld und Gold
Ich habe weder Gold noch Geld, aber mein Sohn hat etwas Land geerbt und daher spare ich Geld, um auf diesem Land ein Haus für meinen Sohn zu bauen. Wenn ich alt bin, dann werde ich dort leben, und mein Sohn und seine Familie werden mich versorgen.

NADIA

Die Rollen eines Mannes in der Gesellschaft sind groß und wichtig.

Nadia ist eine sehr gut aussehende, junge Frau von 24 Jahren, die viel lacht. Sie stammt aus Wau, einer Stadt im Südsudan, und sie gehört zur Indogo-Ethnie. Aufgrund der Unruhen des Bürgerkrieges im Südsudan ist Nadia mit ihrer Familie nach Khartoum gezogen. Sie ist mit ihrer Ehe und ihrem Leben in Khartoum zufrieden.

Kindheit

Ich hatte eine sehr schöne Kindheit. Mein Vater war Regierungsbeamter und als Christ hatte er nur eine Frau, meine Mutter. Ich wuchs mit zwei Brüdern und einer Schwester in Wau, einer Stadt im Südsudan, auf. Dort habe ich auch bis zu meiner Heirat die Missionsschule besucht.

Ehe

Ich bin seit 6 Jahren verheiratet. Mein Mann ist der Bruder meiner Freundin. Als ich 18 Jahre alt war, zeigte mir meine Freundin Fotos von ihrem Bruder, und er gefiel mir. Nach ein paar Tagen wurde ich ihm vorgestellt. Wir waren dann einige Zeit bekannt, haben uns verlobt, und als wir uns gut kannten und liebten, haben wir geheiratet. Verheiratet sein ist sehr schön, denn man wird respektiert und hat viel Verantwortung.

Als verheiratete Frau bin ich zum Beispiel verantwortlich für die Hausarbeit, dazu gehört kochen und putzen und alles andere, was man von einer Hausfrau erwartet, und ich muß mich um meinen Mann und die Kinder kümmern. Wenn ich Probleme mit den Verwandten habe, dann versuche ich dies ruhig und ohne laute Worte zu regeln. Das ist nicht immer einfach, aber als gute Ehefrau sollte man sich an die Regeln der Gesellschaft halten.

Scheidung und Polygamie

Über Scheidung kann ich nicht sprechen. Das ist ein sehr schwieriges Thema. Auch über Zweitfrauen zu sprechen, ist ein Problem. Keine Frau, die die erste Frau ist, wird glücklich über eine Zweitfrau sein. Man wird niemals wieder das gleiche Gefühl für den Mann haben, wie vorher. Besonders wenn man in der Kirche geheiratet hat, erwartet man keine Zweitfrau. Auch wenn die Gefühle und das Benehmen des Mannes gegenüber seiner ersten Frau vielleicht gleich bleiben, die Gefühle der Frau, die ihren Mann mit einer anderen teilen muß, werden niemals die gleichen sein.

Die Rollen der Männer

Der verheiratete Mann ist verantwortlich für die Kinder. Wenn sie krank sind, dann muß er mit ihnen zum Arzt oder ins Krankenhaus gehen. Er muß Kleidung für die Kinder kaufen und sie zur Schule bringen. Er ist auch verantwortlich für das richtige Essen der Kinder. Er muß das Essen einkaufen.

Im allgemeinen spielen Männer eine große Rolle in der Gesellschaft. Es gibt Dinge, die nur ein Mann machen kann, nicht die Frau. In einer Familie hat ein Mann mehr Verantwortung als die Frau. Die Rollen des Mannes in der Gesellschaft sind daher groß und wichtig.

Kinder

Ich habe drei Kinder, zwei Jungen und ein Mädchen. Sie sind noch sehr klein, aber ich möchte sie so erziehen, daß sie alle Menschen, ob jung oder alt, respektieren. Die Kinder sollen in der Schule gut lernen, damit sie sich später im Leben selbst versorgen können, verantwortlich leben und eine gute Zukunft haben.

Ausbildung und Arbeit

Ich habe die Schule bis zur Oberstufe besucht, aber ich bin nicht berufstätig. Ich habe meine kleinen Kinder zu versorgen und ich war noch ein Schulmädchen, als ich heiratete. Daher habe ich keine Berufsausbildung. Aber ich glaube, es ist sehr gut, wenn Frauen gebildet sind, da sie dann mit den Männern in einen Wettbewerb treten können, z. B. in der Büroarbeit. Ja, ich glaube, daß Frauen berufstätig sein sollten; denn Frauen sind fähig zu arbeiten und sind oft besser als Männer.

Religion und Beschneidung
Ich bin Christin, aber ich bin trotzdem beschnitten; denn die Städterinnen von Wau möchten es den nordsudanesischen Frauen gleichtun. Sie halten es für richtig, und es ist die feine Art der Städterinnen. Die Beschneidung machte die Geburt meiner Kinder zur Qual.

Ich bin keine Muslimfrau, ich bin Christin. Mir nützen die guten Lehren der christlichen Religion. Es wird einem gesagt, wie man sich zu benehmen hat, und so kann ich meinen Kindern beibringen, wie sie sich zu verhalten haben, um gute Menschen zu werden. Meine Religion gibt mir Kraft und Glück.

Geld und Gold
Ich besitze wenig Gold. Dieses Gold spare ich für unser Haus, falls mein Mann nicht genug Geld verdient. Wenn das der Fall sein sollte, dann werde ich mein Gold verkaufen, denn das Haus wird unser zukünftiges Heim sein.

LIZA

Eine verheiratete Frau ist in einer sehr glücklichen Lage, denn sie wird geschätzt und respektiert.

Liza ist etwa 25 Jahre alt; groß, attraktiv und sehr aktiv. Sie gehört zur Kakwa-Ethnie. Die Kakwas leben teils im Sudan, teils in Uganda und daher sind sie vom Bürgerkrieg hart betroffen. Dieser Bürgerkrieg im Sudan und auch in Uganda zieht sich seit Jahren hin und die Menschen flüchten, um den Schrecken des Krieges und dem Hunger zu entfliehen. Liza ist mit ihrer Familie nach Khartoum geflüchtet.

Kindheit

Ich hatte eine glückliche Kindheit. Meine Geschwister und ich lebten mit meinen Eltern in einem kleinen Dorf. Ich bin in eine Missionsschule gegangen und habe den Abschluß der Mittleren Reife bekommen. Ich arbeite jetzt als Scheibkraft. Ausbildung ist sehr wichtig, denn durch meine Ausbildung kann ich jetzt arbeiten und dafür sorgen, daß meine Kinder eine noch bessere Ausbildung als ich erhalten. Frauen sollten immer die Chance haben, die gleiche Ausbildung wie die Männer zu erhalten; denn dadurch können sie helfen, die Familie zu unterstützen.

Ehe

Mein erster Mann und ich, wir haben aus Liebe zueinander geheiratet. Aber dann wurde ich nicht schwanger, und die Verwandten meines Mannes dachten, es sei meine Schuld. Sie haben mich nicht zufrieden gelassen, immer wieder haben sie mich belästigt. Ich wurde gezwungen, meinen Mann zu verlassen. Später traf ich meinen jetzigen Mann, er ist auch ein Kakwa, und wir haben jetzt drei Töchter und einen Sohn.

Eine verheiratete Frau ist in einer sehr glücklichen Lage, denn sie wird geschätzt und respektiert.

Kinder
Ich wünsche, daß alle meine Kinder, die Mädchen und der Junge, die Universität besuchen, damit sie gute Stellungen bekommen. Ich sehe es als meine wichtigste Aufgabe an, meinen Kindern eine gute Ausbildung zu geben; erst danach kommt mein Mann und der Haushalt. Für eine Mutter sind die Kinder das Wichtigste im Leben.

Beruf
Meine älteste Tochter hilft mir beim Kochen und der Hausarbeit. Ich mache den Morgentee, bevor ich zur Arbeit gehe. Schwere Arbeit, wie waschen, mache ich an meinem freien Tag. Mein Mann unterstützt mich ebenfalls, z. B. wenn meine älteste Tochter oder ich nicht zu Hause sind, dann kocht er für sich selbst und die kleineren Kinder. Und wenn eines der Kinder krank ist, das passiert sehr oft, dann fährt er mit dem Kind zum Arzt.

Gleichheit zwichen Männern und Frauen
Da Frauen das gleiche tun können wie die Männer, sollten sie auch gleich behandelt werden. Aber in unserer Gesellschaft sind die Rollen der Männer und Frauen verschieden. Männer z. B. fühlen sich verantwortlich für Frauen. Sie sollten die Frauen respektieren, sollten sie gut versorgen, und sie sind verantwortlich für alles außerhalb des Hauses, z. B. müssen sie sich darum kümmern, daß Wasser und Licht vorhanden sind und ähnliches. Aber es sollten den Männern Grenzen in ihrer Macht gesetzt werden. Einige Männer sind schwierig, sie glauben, daß sie Macht über Frauen ausüben sollten. Ich glaube, daß Männer wie Frauen jeweils ihre Stellung in der Gesellschaft haben, aber beide Geschlechter sind gleichwertig.

Weibliche Beschneidung
Ich bin Christin und in meinem Stamm ist es auch bei Nicht-Christen unüblich, Mädchen zu beschneiden. Einige Mädchen heiraten Muslimmänner und lassen sich nach der Heirat beschneiden und werden dann auch Muslim. Meiner Ansicht nach ist die weibliche Beschneidung nicht gut. Aber es bleibt den Frauen selbst überlassen, wenn sie erwachsen sind und die Beschneidung für sich

wünschen, dann laß sie. Aber man sollte kein Kind beschneiden, denn es weiß ja nicht, was mit ihm geschieht.

Religion

Ich bin sehr religiös und gehe jeden Sonntag in die Kirche. An jedem Dienstag besuche ich noch die Frauen-Gebetsstunde, und an jedem Freitag gehe ich zu Gottesdiensten, die in meiner Volkssprache abgehalten werden. Mein Geist ist daher mit guten Gedanken und Glück reichlich versehen. Das gibt mir viel Kraft für mein Leben.

AMIRA

Ohne Bildung keine Entwicklung, daher benötigen Frauen zuerst Bildung.

Amira, 45, groß und schlank, ist sehr beeindruckend in ihrem Selbstbewußtsein und ihrem Stolz. Sie ist die Tochter ihres Vaters, eines Brigadegenerals, das ist nicht zu übersehen. Der Vater stammt aus dem Nordsudan und die Mutter aus dem Süden. Amira ist zwischen den beiden so sehr verschiedenen Kulturen des Sudan hin- und hergerissen.

Dem Aussehen nach folgt Amira ihrer Mutter, sie ist sehr dunkelhäutig mit feinen Gesichtszügen. Selbstbewußt sitzt sie da, schlägt die Beine übereinander und zündet sich eine Zigarette an, bevor sie sich entspannt und zu sprechen beginnt.

Wie war deine Kindheit?
Zunächst muß ich Einzelheiten meines Familienhintergrunds erzählen; denn der hat meine Kindheit sehr beeinflußt. Der Vater meiner Mutter war aus dem Südsudan und ebenfalls Brigadegeneral, wie mein Vater, und so kam die Verbindung zwischen meinen Eltern zustande. Mein Vater und sein Schwiegervater, der ja mein Großvater ist, waren Freunde, und daher hatte mein Vater sehr gute Verbindungen und viel Verständnis für den Südsudan. Die Einigung des Nordens mit dem Süden war ständig das Bemühen meines Vaters.

Ich habe zwei Brüder und eine Schwester. Nach seiner Pensionierung begann mein Vater ein Baumwollplantagen-Projekt in Sennar. Dadurch hat er sehr gute wirtschaftliche Erfahrungen in bezug auf Planung usw. im Sudan machen können. Er hatte auch sehr gute Verbindungen zu Führern in Ägypten und dem Süden und Norden des Sudan. Und all das beeinflußte die Verbindung zwischen den Familien meiner Mutter und meines Vaters. Aber die Familien waren nicht mit der Ehe meiner Eltern einverstanden. Sie hielten nichts davon, daß ein Mann aus dem Norden eine Frau aus dem Süden heiratet, obgleich meine Mutter im Norden geboren wurde, dort aufgewachsen ist und ihre Mutter sudanesisch-ägyptischer Abstammung ist. Bis heute gibt es große Probleme zwischen den Familien. Unsere Familien sind das beste Beispiel, wie groß die Differenzen zwischen Nord- und Südsudan sind.

Probleme zwischen Nord- und Südsudanesen – was sind deine Erfahrungen?

Die Frage, zu welcher Seite ich mich hingezogen fühle, ist für mich kein Problem, sondern eine Sache des Wissens. Wir sind alle menschliche Wesen, und man sollte einen Menschen beurteilen nach seiner Lebensweise, seiner Erziehung, seinem Verständnis gegenüber anderen Lebensweisen, seinem Bemühen und seinen Taten und seiner Liebe gebenüber seinem Land. So beurteile ich einen Menschen. Es ist nicht wichtig, ob man vom Norden oder Süden ist, afrikanisches oder arabisches Blut in sich hat. Das ist nicht die Zeit für solche Probleme.

Ich muß hier jedoch sagen, daß die Nordsudanesen die Südsudanesen nicht korrekt behandeln. Sie benutzen noch immer das Wort »abd«, das »Sklave« bedeutet. Ich kann hier ein Beispiel angeben. Bei einer wichtigen Konferenz über die Probleme zwischen Nord- und Südsudan, an der ich teilnahm, hörte ich folgendes: »Sieh dir doch diesen Sklaven an!« Dies wurde von einem Konferenzteilnehmer aus dem Norden über einen Südsudanesen gesagt, der einen Vortrag hielt. Die Art der Anspielungen haben meine ganze Kindheit beeinflußt; denn meine Mutter ist aus dem Süden und ich habe auch eine sehr dunkle Hautfarbe. Es wird immer wieder die Entschuldigung hervorgebracht, daß die Kolonialmächte die Wurzeln gesetzt hätten für die Differenzen zwischen Norden und Süden. Aber wir haben unsere Unabhängigkeit seit 1956, das sind über 30 Jahre her. Und auch heute noch werden wichtige Ministerposten, z. B. Außen- und Innenminister, Verteidigungsminister nur mit Nordsudanesen besetzt und die weniger wichtigen Ministerien bekommen die Südsudanesen.

Bildung

Mein Vater war sehr fortschrittlich und alle seine Kinder, Jungen und Mädchen, haben die gleichen Ausbildungschancen bekommen. Während der Grundschuljahre war ich bei den katholischen Schwestern, als Mittelschülerin besuchte ich die Regierungsschulen und meine letzten Schuljahre verbrachte ich auf der Unity Highschool. Mein Vater war sehr frei in seiner Weltanschauung und hat uns diese Freiheit des Denkens und Handels übermittelt, und daher bin ich so erfolgreich, Gott sei Dank! Meine beiden Brüder sind ebenfalls zur Armee gegangen, der eine hat Rechtswissenschaft studiert und ist jetzt ebenfalls ein Brigadegeneral. Meine Schwester hat sofort nach ihrem Oberschulabschluß geheiratet.

Nach der Oberschule habe ich zunächst die Höhere Handelsschule besucht und dann gearbeitet. Aber dann habe ich mich sehr mit Politik befaßt und wechselte meine Arbeit. Ich wurde für Sportangelegenheiten bei der Regierung angestellt und in Ägypten und Nordkorea in Sport ausgebildet. Ich trainierte Gymnastik in Verbindung mit der politischen Entwicklung des Sudan. Zum Beispiel, was das Land in der Landwirtschaft erreichte, wurde in Sportveranstaltungen wiedergegeben. Das war unter der Regierung des vor kurzem gestürzten Präsidenten Nimeiri. Ein sozialistisches System halte ich für sehr gut, besonders da es die Jugend inspiriert. Man versammelt Jugendgruppen aus allen Teilen des Landes und Zehntausend veranstalten die Übungen zusammen. Das bringt Zusammengehörigkeitsgefühl, es ist Sport und gleichzeitig bekommen sie eine Lektion über zum Beispiel Landwirtschaft. Dadurch wird die Jugend motiviert, in den Ferien in der Landwirtschaft zu arbeiten. Und wir haben mehrmals erfolgreich mit Jugendlichen in verschiedenen Teilen des Landes gearbeitet.

Danach habe ich dann Sozialwissenschaften an der Universität Khartoum studiert und wurde Direktor für Ausländische Angelegenheiten im Jugend- und Sportministerium. Kurz nach dem Sturz der Militärregierung wurde ich jedoch in den Ruhestand versetzt; denn ich sage was ich denke, und das hat der heutigen Regierung nicht gepaßt. Ich mag nicht unter dem Druck irgendeiner politischen Partei sein; ich bin weder rechts noch links, aber ich liebe mein Land sehr. Ich mag keinen Zwang!

Ehe und Scheidung

Ich habe 1975 geheiratet und ich habe einen Sohn, der heute 11 Jahre alt ist. Ich bin jetzt geschieden. Mein Mann und ich haben uns ganz ruhig entschlossen, uns zu trennen. Es ging alles sehr friedlich vonstatten. Mein Mann ist Regierungsangestellter. Er ist ein guter Mann, aber der Unterschied in unserer Kultur, das war eines unserer großen Probleme. Er ist Nordsudanese und steht politisch sehr rechts. Und dann die wirtschaftlichen Probleme des Landes, das unsichere Leben vieler Sudanesen, das hat alles unser Eheleben beeinflußt. Wir hatten Meinungsverschiedenheiten, und wie ich schon sagte, mein Vater hat uns sehr frei erzogen. Das hat mir sehr viel Selbstsicherheit gegeben, und dann ist es sehr schwierig, mit einem sudanesischen Mann zusammen zu leben. Aufgrund meiner Erfahrung und aufgrund von Diskussionen mit anderen sudanesischen Frauen denke ich, daß eine Ehe für sudanesische Männer nur eine sexuelle Vereinigung ist. Verbal nennen sie es Partnerschaft, aber im praktischen Leben ist es nur das Sexuelle, was wirklich zählt. Aber ich möchte lesen, diskutieren und ich bin sehr ehrgeizig. Das waren Gründe, die nicht mit den Vorstellungen meines Mannes übereinstimmten.

Ich kannte meinen Mann, bevor wir heirateten. Er kommt aus demselben Stadtteil von Ondurman wie ich. Unsere Familien waren miteinander bekannt, aber wir sind nicht verwandt. Er ist ein Baggara aus Kordofan. Ich hatte freie Wahl, ich konnte meinen Mann auswählen. Ich sagte schon, meine Eltern waren anders als normale sudanesische Eltern.

Männer und Polygamie

Polygamie! (Amira lacht verbittert.) Laß uns zuerst über den Mann sprechen. Der sudanesische Mann denkt und hat die Ansichten seiner Eltern. Er denkt zuerst an seine Bequemlichkeit. Ist er reich, dann wird er daran denken, wer nun sein Geld erben soll, und daher wird er eine Verwandte heiraten. Danach hat er in seinen Gedanken und in seinem Herzen den Wunsch, eine andere Frau zu heiraten. Die erste Frau ist für das Erbe und die zweite für seine Liebe, wenn man das so ausdrücken kann. Mit den dann noch folgenden Frauen wird er signalisieren: Seht, ich bin reich, ich kann mir vier Familien erlauben. Er denkt daran, seine Familie zu vergrößern, indem er mehr Frauen heiratet und weitere Kinder bekommt. Wirtschaftliche, soziologische und psychologische Faktoren spielen eine große Rolle dabei.

Du fragst, ob intellektuelle Männer anders denken? Nein, überhaupt nicht. Wenn sie es sich leisten könnten, dann würden sie mehr als eine Frau heiraten. Oder sie sitzen mit ihrer Familie in einer Riesenvilla, aber zwischen den Partnern ist kein emotioneller Kontakt. Die meisten Ehen im Sudan sind nur eine Schau nach außen, keine Partnerschaft. Zu Anfang denken sie, es ist Partnerschaft und Liebe; sie treffen sich an der Universität oder bei der Arbeit, aber später.... Am Anfang versprechen die Männer Liebe und alles andere, aber wenn sie verheiratet sind und die Frau hat das Haus betreten, dann werden alle Versprechungen vergessen.

Eine zweite Frau zu akzeptieren, ist für jede Frau mit sehr vielen Problemen verbunden. Es ist ein sehr schlimmes Gefühl für sie; denn Frauen – und ich spreche hier nicht nur von sudanesischen Frauen – sind im allgemeinen sehr treu. Ihr Ziel ist es, eine gute und glückliche Familie zu haben. Frauen leiden viel zu viel.

Du möchtest wissen, weshalb denn eine Frau einen Mann heiratet, der schon verheiratet ist? Ja, vielleicht ist da irgendetwas, was sie an ihm attraktiv findet, sein Geld, seine schönen Worte; vielleicht hat er eine gewisse Ausstrahlung. Man weiß nicht, womit er es schafft, daß sie zustimmt. Vielleicht ist es auch der Druck von ihrer Familie.

Frauenbewegung

Die Frauenbewegungen versuchen die Lage der sudanesischen Frauen zu verbessern, aber es ist nicht so leicht. Die islamische Religion hat einen sehr großen Einfluß, sie gibt die Macht den Männern. Deshalb glaube ich, daß es im Moment nicht so einfach ist, hier viel zu tun. Aber ich glaube, daß im Sudan Bildung sehr wichtig ist, und nur auf diesem Wege können Frauen sich selbst helfen.

Weibliche Beschneidung

Bei der Bekämpfung der weiblichen Beschneidung wurde viel getan. Viele Komitees haben erfolgreich gearbeitet und die Verbreitung der Beschneidung unterbrochen. Es ist ganz klar, daß im städtischen Bereich die weibliche Beschneidung fast nicht mehr vorkommt, und auch in den ländlichen Regionen wird es weniger. Prozentual wird es weniger. Aber da ist eine Sache, die Männer sind noch immer ein Problem dabei.

Wie ich schon sagte, ist die Ehe für sudanesische Männer nur eine sexuelle Vereinigung, so daß die Beschneidung für sie nützlich ist. Wenn man es so sagen kann; denn die Männer haben bei einer beschnittenen Frau ein sehr großes sexuelles Vergnügen. Und das ist die Wahrheit. Die Frau leidet sehr dabei.

Die Beschneidung war früher eine Frauensache, aber das ist jetzt anders. Heute werden Mädchen oft nicht mehr beschnitten und wenn nach der Heirat die Frau es wünscht, sich beschneiden zu lassen, weil sie es möchte, und ihr Mann möchte es auch, dann ist es ihre Entscheidung.

Frauen werden mit sehr vielen Problemen konfrontiert, sie opfern sich immer. Eine Frau möchte, daß ihr Mann glücklich ist, und oft nach der Heirat möchte der Mann zu seinem Vergnügen, daß seine Frau sich beschneiden läßt, und sie wird es tun. Aber es ist dann doch die Entscheidung der Frau selbst. Viele unbeschnittene Frauen lassen sich nach dem ersten Kind beschneiden.

Die Beschneidung kann nur durch Bildung unterbunden werden, und zwar der Frauen und natürlich auch der Männer. Die weibliche Beschneidung ist heutzutage nicht unser Problem, sondern wir haben wirtschaftliche Probleme. Frauen stehen unter sehr starkem wirtschaftlichen Druck, und dadurch fehlt ihnen die Unabhängigkeit der Entscheidung. Unser größtes Problem im Sudan ist ein wirtschaftliches, und wenn wir das unter Kontrolle haben, können wir andere Probleme wie die Beschneidung lösen.

Der »Böse Blick« und »Zar«

Natürlich glaube ich nicht an den »Bösen Blick«, obgleich er im Koran erwähnt wird. Ich habe mehrere »Zar«-Feiern besucht. Frauen trinken das Blut von geschlachteten Tieren, wie Hühnern und Hammeln, und es ist kaum zu glauben, wenn sie vom »Zar« besessen sind, machen sie so unheimlich starke und ungewöhnliche Bewegungen, die sie niemals in normaler Geistesverfassung machen könnten. Man kann nicht glauben, daß 70jährige Frauen diese Bewegungen ausführen können, aber im »Zar« können sie es. Unbewußt springen sie hier und da hin. Man sagt, daß diese Frauen vom Teufel besessen sind, dem »Zar«, und der »Zar« wird diese Frauen nur verlassen, wenn seine Wünsche erfüllt werden. Die Wünsche sind sehr verschieden, sie reichen vom Alkohol über

Kleidung und Schmuck und oft tanzen sie auch nur in Männerkleidung.

Ich glaube, daß viele Frauen zum »Zar« gehen, weil sie nichts anders zu tun haben. Wenn man beschäftigt ist, produktiv in der Arbeit, dann braucht man nicht zum »Zar« zu gehen. Ich glaube nicht an den »Zar«. Ich habe keine Zeit für diese Dinge. Aber ich glaube, daß es einen Teufel gibt, und wenn man nicht aufpaßt, dann kann er von einem Besitz ergreifen.

Geld und Gold

Geld ist wichtig, um meine Bedürfnisse zu befriedigen, aber es ist nicht mein Leben. Wenn ich genügend Geld zum Leben habe, so genügt mir das; viel Geld würde mir nur Sorgen bringen. Meine Mutter hat viel Gold, und sie hat auch sehr viel für mich gesammelt, aber ich trage es nicht, da ich Goldschmuck nicht mag.

Status von Mann und Frau

Wir gehen mit der Zivilisation, mit der Welt; denn wir sind von der übrigen Welt nicht abgeschlossen. Ich glaube an die Gleichheit von Männern und Frauen. Im Islam, nach der »Sharia'a« haben die Frauen nicht die gleichen Rechte. Aber heutzutage sollten Frauen gleiche Rechte haben. Die »Sharia'a« paßt sich der Modernität nicht an. Besonders in Ländern wie dem Sudan, mit gesellschaftlichen und wirtschaftlichen Problemen, sollten wir Frauen uns zusammen tun und um gleiche Rechte kämpfen. Frauen sollten mehr Chancen bekommen, an der Entwicklung ihres Landes teilzunehmen. Und einer der Hauptgründe der Unterentwicklung im Sudan ist, daß Frauen nicht die gleichen Chancen wie Männer haben. Obgleich im Augenblick viele sudanesische Männer die islamischen Gesetze – »Sharia'a« in ihrem Kopf haben, so sollte sie dies doch nicht davon abhalten, Frauen berufstätig sein und sie an der Entwicklung des Landes teilhaben zu lassen.

Religion und Politik

Außerhalb des Hauses tragen die Mädchen in Khartoum die sogenannte »Islamische Bekleidung«, d. h. lange Ärmel an den Blusen, lange Röcke und ein Kopftuch. Das hat nichts mit der neuen islamischen Bewegung zu tun, es ist einfach Mode. Aber die »Islamische Front« benutzt dies, um die Jugend zu beeinflussen. Die

Politik der »Islamischen Front« ist sehr klug. In der Schule beginnen sie, die Kinder zu beeinflussen. Kinder sind sehr leicht zu beeinflussen, und dieser Einfluß geht dann automatisch weiter über die Oberschulen an die Universitäten. An der Universität sind die Muslimbrüder in der Mehrzahl. Sie haben viel Geld zur Verfügung, und sie unterstützen arme Studenten finanziell. Da der größte Teil der sudanesischen Studenten aus sehr armen Verhältnissen stammt, benötigen sie Geld, um ihr Studium zu finanzieren. Die »Islamische Front« benutzt dieses wirtschaftliche Problem der Studenten, um ihre Macht zu verbreiten, und sie beeinflussen auf diese Weise nicht nur Studenten, sondern auch andere Menschen. Und wenn die Studenten graduieren, dann hilft ihnen die »Islamische Front« bei der Arbeitsbeschaffung. Die »Islamische Front« hat überall ihre Leute in hohen Positionen sitzen.

Ich sehe in dieser Entwicklung eine Gefahr, da sie einseitig ist und wir unsere Demokratie verlieren könnten. (Hinweis der Autorinnen: Kurz darauf erfolgte ein militärischer Umsturz und der Sudan verlor die Demokratie)

Was sind deine Wünsche für die Zukunft?

Mein Sohn ist der Sudan. Wenn der Sudan eine gute Zukunft hat, dann hat mein Sohn auch eine gute Zukunft. Ich möchte mich auf Frauen und Entwicklung konzentrieren, und ich werde mich mit den sudanesischen Frauen befassen. Ich habe beobachtet, daß bei den letzten Regierungsabkommen keine Garantie für die zukünftige Sicherheit der Frauen gegeben wurde. Dieses Abkommen sollte von der »Ständigen Verfassung« abgesichert werden, und wenn dieses Abkommen nicht eigenständig erwähnt wird, dann existiert in der Zukunft kein Gesetz, das die bisherigen Errungenschaften der Frauen schützt. Ich will dies den Frauen bewußt machen. Leider sind die sudanesischen Frauen nicht vereinigt, und es existiert keine nationale Vereinigung der Frauen.

Jede politische Partei hat ihre eigenen Pläne und ihre eigene Arbeit und ihre eigenen Errungenschaften; aber die Errungenschaften werden in alle Winde zerstreut sein. Meine Hoffnung ist jetzt nur, daß die Regierung zumindest das beschützen wird, was wir Frauen bisher erreicht haben. Aber bisher hat die »Ständige Verfassung« (Permanent Constitution) nichts abgesichert.

Die sudanesischen Frauen sollten sich vereinigen und sich nicht zerstreuen. Aufgrund dieser Uneinigkeit haben wir Frauen bei den Konferenzen sehr viel verloren, denn die Parteien arbeiten nur für ihre Politik und nicht für die sudanesischen Frauen. Wir haben die Unterstützung von UNICEF und anderen Organisationen verloren, weil wir uns nicht einig sind.

Ich weiß im Moment noch nicht, was ich machen werde. Ich wurde von der Regierung suspendiert, da die politische Situation nicht klar ist. Ich möchte privat arbeiten, aber wie? Momentan arbeite ich mit meiner Freundin, die gerade ein Kleinindustriegewerbe eröffnet, um Frauenkleidung aus sudanesischer Baumwolle herzustellen. Ich bin für die Public Relation verantwortlich, und ich kann ihr sehr helfen, da ich nationale und internationale Erfahrungen habe. Aber ich möchte eigenständig sein; denn die Arbeit bei meiner Freundin ist nicht sicher. Falls wir eine islamische Regierung bekommen, dann wird es uns Frauen vielleicht nicht gestattet sein, zu arbeiten. Die Männer werden eifersüchtig sein, denn wir sind die ersten, die sudanesische Kleidung exportierten werden. Wir werden unser Bestes tun, und wir haben noch viele Pläne. Aber haben wir eine Garantie für die Zukunft?

Was rätst du den sudanesischen Frauen?

Mein Rat an die sudanesischen Frauen ist: Bildet Euch! Bildet euch und eure Kinder! Vereinigt euch, denn die Frau ist das Herz aller Dinge! Wenn man Sudan sagt, dann heißt es, Sudan ist weiblich, und das heißt Mutter. Die Frau ist alles, und wenn sie die Chance bekommt, Kontrolle auszuüben, so kann sie ein Gleichgewicht herstellen. Die Frauen sollten sich ihrer Vergangenheit und der Traditionen erinnern. Aber sie sollten schlechte Bräuche abschaffen und die Erfahrungen nutzen. Sie sollten ihre Kinder in diesem Sinne erziehen und nicht nur abhängig sein von Familie und Ehemann. Sie sollten einen Teil ihrer Zeit für die bessere Stellung der Frau in der Gesellschaft einplanen. Die Frau muß stark sein, sie muß unabhängig sein. Sie muß ihren eigenen Charakter entwickeln, und sie kann all das durch Bildung erreichen. Wo Bildung ist, da ist Entwicklung, und wenn wir uns nicht bilden, dann werden wir immer unterentwickelt sein.

GLOSSAR

agid	Heiratsvertrag
agriba	Blutsverwandte
a'ib	Schande
'amm	Verwandte väterlicherseits
arab	Sudanesen benutzen dieses Wort für die Bezeichnung von Nomaden, ohne Berücksichtigung der Sprache oder der Ethnie.
arusa	Braut
'asaba	Blutsverwandte väterlicherseits
bikr	(klass. Arabisch: buka') Trauerfeierlichkeiten
e'id al fitr	Festtage nach dem Ramadan Fastenmonat
e'id al dahiya	Festtage 60 Tage nach dem *e'id al fitr.* Zeit der Rückkehr der Pilger aus Mekka. Hammel werden geopfert.
evil eye, arab.: a'in	Der Böse Blick
faki	Heiliger Mann, oft Lehrer einer Koranschule. Der *faki* schreibt Verse aus dem Koran auf Papier- oder Stoffstückchen, die dann in kleinen Leder- und Metallamuletten *(hijab)* am Arm oder um den Hals getragen werden. Sie sollen eine Schutzfunktion für den Träger darstellen. Der *faki* wird auch in Krankheitsfällen zur Hilfe gerufen.
hadith	schriftliche Überlieferungen des Propheten Mohamed
haram	Dieses Wort bedeutet ‚verboten', das Gegenteil ist *halal* ‚erlaubt'. Zum Beispiel sind Schweinefleisch und Alkohol im Islam verboten.
hosh haram	sind die (verbotenen) Frauenquartiere des Hauses.
halawa	Etwas Süßes. Es wird auch als Kosmetika für Frauen beim Entfernen der Körperhaare benutzt. Eine Substanz von Zucker, Zitronensaft und Wasser wird solange gekocht, bis eine klebrige Masse entsteht, die dann auf die entsprechenden Körperteile

	gerollt und wieder abgezogen wird. Dabei bleiben die Körperhaare in der Masse kleben.
henna	Ein rotbrauner Farbstoff, der aus den Blättern der *Henna*-Pflanze gewonnen und zum Haarfärben und für Körperdekorationen benutzt wird.
higsa	Unreine (Frau)
hijab	Amulett (s. *faki*)
Infibulation	wird im Sudan als ‚Pharaonische Beschneidung' bezeichnet. Es ist die radikalste Beschneidungsart und seit 1946 verboten (siehe hierzu Abschnitt ‚Beschneidung')
karama	Sittsamkeit der Frau und Ehre des Mannes. Der Begriff beinhaltet auch eine Opfergabe an Gott zu besonderen Gelegenheiten, z. B. Geburt, Genesung.
khal	Verwandte mütterlicherseits
khalwa	Koranschule
kisra	Hirsefladenbrot, neben *azida* (Hirsebrei) Grundnahrungsmittel der Sudanesen.
Koran	Das Heilige Buch des Islam
lachma	Blutsverwandte mütterlicherseits
Mahdi	Das Wort bedeutet Messias. Im Sudan bezeichnet es Mohamed Ahmed (1843-1885) aus Dongola, ein charismatischer Anführer, der mit seinen Anhängern die türkisch-ägyptischen Besatzer bekämpfte und besiegte. Dabei wurde der von Großbritannien eingesetzte General Gordon getötet. 1899 sandte die britische Regierung General Kitchener in den Sudan, um den ‚Aufstand der Mahdisten' niederzuschlagen.
mazoum	Amtierender Geistlicher, der die Aufsicht über die Unterzeichnung des Ehevertrages führt.
muslim brothers and sisters	Mitglieder der Fundamentalistischen Islamischen *Muslim Brotherhood* Bewegung
nasaba	angeheiratete Verwandte
Omda	Ombudsmann
rih	bedeutet Wind

rih at-tahara	reinigender Wind (in der Zar-Zeremonie)
sharaf	Familienehre
shari'a	Islamisches Gesetz
scheikh	bedeutet ‚Ältester', auch Ehrentitel für islamische Geistliche und Gelehrte
sunna	bedeutet ‚Gewohnheit', die überlieferten Aussprüche und Lebensgewohnheiten des Propheten Mohamed als Richtschnur des islamischen Lebens. Im Sudan wird auch die mildeste Form der weiblichen Beschneidung *sunna* genannt.
tob	auch *(thawb)*; traditionelles äußeres Gewand der sudanesischen Frauen. Es besteht aus einem neun Meter langen Stoffstück, das um den Körper und den Kopf gewunden wird; dabei wird das Gesicht nicht bedeckt.
zar	Geisterbeschwörung, ausführlich im Artikel über *zar* beschrieben.

INHALT